Charmed

Charmed

Zauberhafte Schwestern

Das Orakel der göttlichen Drei

Roman von Torsten Dewi

Der Roman basiert auf folgenden Episoden:

»Superhexen« basiert auf dem Original »Witches in Tights« von Mark Wilding.
»Folge deinen Träumen« basiert auf dem Original »Sand Francisco Dreamin'« von Monica Breen & Alison Schapker.
»Die göttlichen Drei, Teil 1« basiert auf dem Original »Oh My Goddess, Part One« von Krista Vernoff and Curtis Kheel.
»Die göttlichen Drei, Teil 2« basiert auf dem Original »Oh My Goddess, Part Two« von Daniel Cerone.

vgs

Bibliografische Information Der Deutschen Bibliothek
Die Deutsche Bibliothek verzeichnet diese Publikation in der Deutschen Nationalbibliografie; detaillierte bibliografische Daten sind im Internet über http://dnb.ddb.de abrufbar.

Das Buch »Charmed – Zauberhafte Schwestern. Das Orakel der göttlichen Drei« von Torsten Dewi entstand auf der Basis der gleichnamigen Fernsehserie von Spelling Television, ausgestrahlt bei ProSieben.

1. Auflage 2003

Lektorat: Ilke Vehling
Produktion: Wolfgang Arntz
Umschlaggestaltung: Sens, Köln
Titelfoto: © Spelling Television Inc. 2003
Satz: Kalle Giese, Overath
Printed in Germany
ISBN 3-8025-3302-X

Inhalt

Superhexen

1

*D*as *Tomahawk* war brechend voll. Der wie ein Dom errichtete Kubus schien aus allen Nähten zu platzen. Die Tanzfläche glich einem Ameisenhaufen, im Rhythmus der Musik schaukelte die Menschenmenge auf und nieder. Scheinwerfer, die in den Wänden versteckt waren, warfen hellblaues und rosafarbenes Licht in den Raum. In den Ecken standen Boxen, aus denen ein Beat dröhnte, der den Acrylboden vibrieren ließ.

Harte House-Musik peitschte die Besucher auf, und auf drei Plattformen zeigten die Go-Go-Girls der Menge, wie man ins Schwitzen geriet. Auf ihrer Bühne hoben sie sich deutlich von der Menge ab.

Nicht, dass es nötig gewesen wäre. Die Mädchen waren allesamt gebaut wie die Playmates in dem Herrenmagazin mit dem Faltposter. Ihre Wildleder-Bikinis und Spitzenbodys machten jede Fantasie überflüssig.

Alles war jung, hip und sexy.

Alles war anders als im *P3*.

Piper blickte sich missmutig um. Das sah gar nicht gut aus. Sie musste zugeben, dass das *Tomahawk* wirklich ein cooler Laden war.

Kein Wunder, dass sich die Besucherzahl in ihrem Club deutlich verringert hatte.

Aus dem Augenwinkel sah sie Leo, der darauf bestanden hatte, sie herzufahren. Als Wächter des Lichts war er natürlich übervorsichtig, seit sie schwanger war. Der Gedanke, dass dem Baby etwas passieren könne, war für ihn allgegenwärtig.

Piper sah das etwas lockerer. Sie war schwanger – aber nicht krank! Sie wollte nicht den Rest der neun Monate bis zur Entbindung auf dem Sofa hocken oder mit langweiligen Hausfrauen das richtige Atmen erlernen.

Erst jetzt bemerkte sie, dass Leo ganz und gar nicht unauffällig die Lokalität checkte.

Im Gegenteil – er tanzte!

Ungelenk zwar, aber er tanzte. Er bewegte die an den Körper angewinkelten Arme langsam hin und her, und seine Beine stampften knapp am Beat vorbei.

Entrüstet schlug Piper ihrem Mann auf den Arm.

»Was machst du denn da?«, verlangte sie zu wissen.

Leo hielt erschrocken inne. »Ta ... tanzen. Die DJane ist wirklich gut.«

Piper zog ihn von der Tanzfläche weg: »Stimmt – nur leider ist sie das nicht in meinem Club.«

»Tut mir Leid«, erwiderte Leo, und er meinte es ehrlich. Ihm war klar, was der Erfolg des *P3* für seine Frau bedeutete.

»Konzentriere dich«, schärfte Piper ihm ein. »Wir sind hier nicht zum Vergnügen. Es geht ums Geschäft.«

»Okay«, nickte Leo, »aber übertreibst du da nicht ein wenig?«

Piper schüttelte energisch den Kopf. »Nein! Das *Tomahawk* ist der heißeste Club der Stadt, und ich will wissen, wieso.«

»Das *P3* läuft doch prima«, wandte Leo in dem hoffnungslosen Versuch ein, seine schwangere Frau etwas auf den Boden der Tatsachen zu bringen.

»Nicht mehr so gut wie früher«, belehrte ihn Piper. »Und daran bin ich schuld.«

Leo zog sie an sich heran und legte ihr die Hand auf den Bauch. »Piper, du bist schwanger! Du hast jetzt ganz andere Sorgen!«

Piper sah sich genervt um, bevor sie ihren Blick wieder Leo zuwandte. »Falls du noch nichts davon gehört hast –

Frauen können heute Karriere machen und Babys kriegen. Ehrlich, war schon in allen Zeitungen zu lesen!«

»Diese Frauen müssen aber nicht nebenher die Welt vor Dämonen bewahren«, erinnerte Leo.

Piper war schon wieder abgelenkt – sie konnte ihren Blick nicht von einem Pärchen nehmen, das auf einem Sofa am Rand der Tanzfläche saß und sich abknutschte.

»Oh, Mann, nehmt euch ein Zimmer«, sagte sie so laut, dass die beiden es hören konnten.

Tatsächlich ließ die junge Frau nun von dem langhaarigen Schmuddeltypen in Jeans und Leder ab.

Piper traute ihren Augen kaum.

Es war Paige!

Ihre Halbschwester, ihre Mitbewohnerin und ihre Mitstreiterin gegen das Böse!

»Piper!«, entfuhr es Paige überrascht. Sie stand auf, während sie mit den Händen ihr hautenges hellblaues Kleid glatt strich. Sie fühlte sich offensichtlich ertappt.

»Paige«, knirschte Piper grimmig zwischen den Zähnen hervor. »Was treibt *dich* hierher?«

Paige rieb sich verlegen die Hände. »Wir hängen hier bloß ein bisschen ab.«

Nun stand auch der unrasierte Typ auf, der eben noch an Paiges Lippen gehangen hatte.

»In unserem Club hättet ihr das nicht tun können?«, wollte Piper wissen.

»Und diese DJane verpassen?«, lachte Paiges Begleiter. »Auf keinen Fall!«

Paige schlug ihm auf den Arm, woraufhin er zusammenzuckte.

»Dave, das hier sind meine andere Schwester, Piper, und ihr Ehemann Leo. Leute, das ist Dave.«

Leo gab Dave die Hand. »Freut mich.«

Dave grinste etwas unsicher. »Mich auch.«

»Ich wusste gar nicht, dass es einen Dave gibt«, bemerkte Piper spitz.

Paige winkte ab. »Wir gehen erst seit drei Wochen miteinander ... aus.«

»Drei Wochen?«, echote Piper.

Das war wirklich der Hammer. Da ging ihre Schwester aus, um mit einem fremden Typen zu knutschen – in eine Bar, die dem Halliwell-Etablissement Konkurrenz machte!

In diesem Moment tauchte ein weiteres bekanntes, aber unerwartetes Gesicht aus der wogenden Menge auf.

Es war Phoebe – mit zwei Biergläsern in der Hand!

Die junge Halliwell-Hexe drückte Dave und Paige je ein Getränk in die Hand. »Hier, damit seid ihr versorgt.«

Erst jetzt sah sie ihre ältere Schwester – und wurde bleich. »Oh, hi ... hi, Piper. Piper ... ja, was sagt man dazu? Was treibt dich denn hierher?«

Piper lächelte müde. »Das könnte ich dich auch fragen.«

Phoebe fuchtelte etwas hilflos mit den Armen herum. »Tja, ich ... was mache ich eigentlich hier?«

Zumindest war klar erkennbar, worauf Phoebe es abgesehen hatte – sie trug ein weinrotes Mieder und dazu passende Hotpants. Viel gut gebräunte Haut war zu sehen, und kaum ein Mann ging vorbei, ohne einen Blick zu riskieren.

Leo ahnte, dass es nun Zeit war, die Schwestern allein zu lassen – soweit das an einem Ort wie diesem hier möglich war. Er stieß Dave an: »Komm, wir holen uns noch einen Drink.«

Dave deutete etwas stumpfsinnig auf sein Glas: »Ich hab genug.«

Leo runzelte die Stirn und zog ihn weg. »Der wird nicht lange vorhalten.«

Als die beiden Männer außer Hörweite waren, ging Piper zum Angriff über. »Ich dachte, du arbeitest heute Abend«, bemerkte sie in Phoebes Richtung.

Ihre Schwester verdrehte die Augen und suchte verzweifelt nach einer billigen Ausrede: »Na ja, irgendwie schon. Ich meine, ich arbeite hier auch. Für meine Kolumne. Ich suche Männer, die mir bei meinen Ratschlägen helfen können – für andere Männer.«

Sie deutete quer durch den Raum auf einen Typ, der lässig auf einem Hocker an der Bar saß. »Siehst du den süßen Kerl mit den Grübchen da drüben? Der hat mir schon *sehr* geholfen.«

Sie lächelte etwas hilflos. Zugegeben, es war ein schwacher Spruch, aber irgendwie stimmte er auch.

Piper atmete tief durch, bevor sie antwortete: »Ich weiß nicht, was mir mehr stinkt: die Tatsache, dass ihr zur Konkurrenz geht, oder dass ihr es ohne mich tut!«

Paige winkte unsicher ab. »Wir haben gedacht, das wäre nicht gut für dich – wegen dem Baby und so. Der Lärm, die ganzen Menschen!«

»Geschenkt«, widersprach Piper. »Aber manchmal möchte die Mammi auch mal unter Leute kommen.«

Paige und Phoebe warfen sich einen unsicheren Blick zu. Das klang gar nicht nach Piper.

»Dann wärst du also mitgekommen?«, hakte Paige nach.

»Nur über meine Leiche«, verkündete Piper. »Aber das ist nicht der Punkt.«

»Du bist eine sehr komplizierte Frau«, stellte Paige fest.

»Ist auch egal«, seufzte Piper. »Es ist keine große Sache. Wir sehen uns zu Hause.«

Es war nur allzu deutlich, dass es doch eine große Sache war. Sie fühlte sich von Paige und Phoebe hintergangen. Ohne ein weiteres Wort drehte sie sich um und ging zum Ausgang.

»Piper!«, rief Phoebe noch, aber ihre Schwester war schon in der Menge verschwunden.

»Das war wohl keine so glorreiche Idee«, bemerkte Paige und nahm einen Schluck von ihrem Bier.

Sie hatten Piper ja nicht ausschließen wollen, um ihr wehzutun. Aber in letzter Zeit hatten die Halliwell-Hexen viel um die Ohren gehabt, und da war es ihnen ratsam erschienen, Piper etwas zu schonen.

»Du kennst sie«, sagte Phoebe. »Wenn wir sie nicht bremsen, tut es niemand. Sie hat schon genug Stress.«

2

»Du siehst gestresst aus«, knurrte der Dämon in Menschengestalt, als er in der regennassen Seitenstraße materialisierte.

Der Teenager, der an der Hauswand gelehnt in der Hocke saß, erschrak. Aber nicht so, wie man es beim Erscheinen eines Dämons hätte erwarten können.

»Arnon!«, stieß der Junge hervor. »Kannst du dich nicht bemerkbar machen, bevor du erscheinst?«

»Wieso hockst du hier?«, fragte der Dämon, den Vorwurf ignorierend. Er sah auf den Jungen hinab, der einen Zeichenblock auf den Knien hielt.

Kevin deutete mit dem Daumen hinter sich. »Die Tür ist abgeschlossen. Da dachte ich mir, ich zeichne was, während ich warte.«

»Gut«, murmelte Arnon. Er war ganz in Schwarz gekleidet, denn als Dämon liebte er es einem Schatten gleich, sich verstecken zu können.

»Nicht gut«, widersprach Kevin, während er auf seine Zeichnung sah. »Ich versuche es die ganze Zeit, aber es klappt nicht. Dabei habe ich alles so gemacht, wie du es mir geraten hast.«

»Dann musst du dir mehr Mühe geben«, erklärte Arnon und hockte sich vor Kevin hin. »Du hast eine Gabe, eine sehr seltene Gabe. Du musst lernen, sie zu nutzen.«

Er nahm den Block und sah sich die Zeichnung an, die Kevin mit ein paar schnellen Strichen beendete.

Es war ein Tiger.

Zweifellos, der Junge hatte Talent. Klare Linien, sorgsame Schattierungen und ein Gespür für Dramatik.

»Er ist in deinem Kopf«, bemerkte Arnon anerkennend. »Und aus deinem Kopf muss er auf das Blatt, um real zu werden.«

Er gab den Block zurück. »Bring ihn in die Wirklichkeit, Kevin.«

Der Junge in dem ausgewaschenen T-Shirt und der Jogging-Jacke zögerte einen Moment, dann setzte er den Bleistift wieder an.

Es war schwer, sich völlig zu konzentrieren, aber er versuchte es. Während er mit dem Bleistift den Tiger perfektionierte, dachte er sich in das Tier hinein, versuchte ihm Leben einzuhauchen. Seine Augen verengten sich, und alles um das Blatt herum löste sich auf.

Dann war da nur noch der Tiger.

Sein Tiger.

Ein goldenes Funkeln erleuchtete die Seitenstraße, und aus einem Zeitfenster schob sich ein Tigerkörper in die Wirklichkeit.

Es war ein großer, prächtiger Königstiger, orangefarben und schwarzbraun. Er riss das Maul auf und fauchte grimmig.

Er war da!

Der Tiger war da!

Vor Schreck ließ Kevin den Block fallen und drückte sich an der Wand hoch, bis er stand.

Arnon hingegen sah nur lässig über die Schulter, und ein zufriedenes Grinsen spielte um seine Mundwinkel. »Na also.«

»Ich habe es geschafft«, keuchte Kevin. »Ich habe den Tiger in die Wirklichkeit geholt!«

Das Tier kam nun langsam näher und sah nicht besonders freundlich aus.

»Wie können wir ihn wieder loswerden?«, wollte Kevin wissen.

Arnon seufzte und hob den Block vom Boden auf. Er riss

das Papier mit der Zeichnung ab, und hielt es Kevin so vor das Gesicht, dass dieser den Tiger und die Zeichnung gleichzeitig sehen konnte.

In dem Moment, in dem er die Zeichnung mit beiden Händen zerriss, löste sich der Tiger in Luft auf.

Kevin atmete auf. Das war dramatischer, als er es sich vorgestellt hatte.

Arnon knüllte die Papierreste zusammen und warf sie achtlos weg: »Okay, nun ist es an der Zeit, deinen Superhelden in die Realität zu holen. Wir werden dein kleines Problem lösen – und dann meins.«

In seinen Worten klang kein Mitgefühl und keine Freundschaft. Arnon verband nichts mit Kevin – außer vielleicht seine dunkle Rache.

Er war ein Dämon.

Ein Dämon, der auf ein Geschäft aus war.

Es war kein leichter Gang.

Das war es nie.

Seit zwei Jahren wohnte Kevin mit seiner Mutter in einer ziemlich heruntergekommenen Gegend von San Francisco. Seit damals, als sein Vater einfach abgehauen war, und keinen Cent zurückgelassen hatte.

Kevin hatte schnell lernen müssen, dass in den Wattson Heights eigene Regeln herrschten, die mit dem Gesetzbuch nichts zu tun hatten.

Hier regierten Gangs, Dealer und Zuhälter.

Tagsüber ging es noch. Da hielt sich das lichtscheue Gesindel von den Straßen fern, und Kevin kam meist unbehelligt zur Schule.

Aber wenn es Herbst wurde, und die Sonne immer früher unterging, verwandelten sich die Wattson Heights in ein Kriegsgebiet.

Er hatte lange versucht, Schleichwege zu finden, die es

ihm ermöglichten, nach Hause zu kommen, ohne jemandem auf die Füße zu treten.

Doch es war umsonst.

Als Kevin von der Hauptstraße abbog, um nicht mit den Halbstarken von der *Muzak*-Kneipe aneinander zu geraten, saß er auch schon in der Falle.

Ein alter Cadillac war dort geparkt, die Scheinwerfer voll aufgedreht. Die Türen standen offen, und in den Schatten bei den Müllcontainern lungerten ein paar üble Gestalten herum.

Kevin blieb wie angewurzelt stehen.

Verdammt!

Er wollte sich umdrehen, aber da trat auch schon Jayce aus dem Lichterschein auf ihn zu.

»Mann, was willst denn du hier?«, fragte der junge Schwarze mit einem Unterton, der nichts Gutes verhieß.

»Ich will bloß nach Hause«, murmelte Kevin, und versuchte, sich an Jayce vorbei zu schieben.

Doch der Gauner drückte ihn mit einer Hand auf der Brust zurück. »So geht das nicht. Du weißt, dass ich hier meine Geschäfte mache.«

Natürlich wusste Kevin das. Und er wusste auch, um welche Geschäfte es sich handelte.

Jayce war ein Dealer der schlimmsten Sorte. Eigentlich war er eine kleine Nummer, doch er brannte darauf, zu den Großen zu gehören, und das macht ihn zu einem skrupellosen und schwer einschätzbaren Gegner.

Mit einem schmierigen Grinsen schnappte sich der Gauner Kevins Tasche, und bevor der Junge protestieren konnte, hatte Jayce schon den Zeichenblock herausgezogen.

Das erste Blatt war eine Blamage – es zeigte Kevin als Bruce-Lee-Verschnitt, der Jayce mit einem mächtigen Karatetritt zur Seite fegte.

Jayce lachte. »Was haben wir denn hier? Ein Bild von dir, wie du mich fertig machst?«

Kevin sah betreten zu Boden. Er wollte die Sache nicht noch schlimmer machen.

Jayce ließ den Block zu Boden fallen.

Dann schlug er zu.

Ohne Warnung.

Seine Faust traf Kevins Kinn, und der schwächliche Junge wurde nach hinten geschleudert, wo er auf dem Asphalt liegen blieb.

Irgendwo in der Ferne war eine Polizeisirene zu hören.

Jayce schnippte mit den Fingern. »Abgang.«

Seine Handlanger stiegen in den Wagen. Wie ein Spuk waren alle verschwunden, und die Straße lag still vor Kevin.

Der Junge sah seinen Zeichenblock zwei Schritte entfernt liegen. Die Seiten waren umgeblättert, und ein anderes Bild war nun zu sehen.

Das Bild eines Superhelden.

Groß, stark – unbesiegbar.

Kevin lächelte.

3

KOMO WARF DEN SÜNDHAFT TEUREN Flachbildschirm wütend auf den Boden. Ein Funkenregen sprühte aus der Plastikkiste heraus.

Der einfältige Bodybuilder und Jayce hatten in dem Lohnbüro der Computerfirma weniger gefunden, als sie erhofft hatten.

Jayce stopfte sich die paar Lohntüten, die er aus der geknackten Geldkassette genommen hatte, in seine Hosentasche. »Lass gut sein – wir verschwinden besser.«

Die Cops würden sowieso gleich da sein.

In der Ferne war ein Donnern zu hören, wie bei einem Gewitter. Jayce nahm es nur unbewusst war. Irgendwo in seinem Gangsterhirn trieb die Frage umher, wo an einem milden Herbsttag ein Gewitter herkommen sollte.

Der zweite Donner beantwortete die Frage.

Er kam von draußen – direkt von der Straße.

Im gleichen Moment brach auch schon mit einem gewaltigen Lärm die Außenmauer des Lohnbüros zusammen. Steine und Mörtelreste flogen in die Luft, und Staub stieg auf.

Im Schein der Straßenlaternen sprang er herein.

Der Aggressor!

Groß, stark, mit einem blauschwarzen Lederkostüm, einer Maske und einem grimmigen Funkeln in den tiefschwarzen Augen.

»Wer zur Hölle bist du denn?«, fragte Jayce mehr erstaunt als verängstigt. »Ist heute Karneval?«

»Ich … bin … der … Aggressor!«, knurrte die kostümierte Gestalt.

»Ja, klar«, zischte Komo. Der Fleischberg zog blitzschnell

sein Butterfly-Messer und machte zwei Schritte auf den Gegner zu.

Der Aggressor bemühte sich nicht einmal, das Messer abzufangen. Er stand regungslos da, während die Klinge sich an seinem Brustkorb verbog.

Dann packte er den gut einhundertvierzig Kilo schweren Komo, hob ihn über den Kopf, und warf ihn mit Schwung auf einen Schreibtisch, der unter dem Aufprall wegbrach.

Jayce hatte in seinem jungen Leben schon viel Seltsames gesehen, darum reagierte er auch instinktiv. Seine Hand glitt unter sein Shirt, um aus dem Gürtel eine großkalibrige Pistole zu ziehen.

Drei Schüsse feuerte er ab.

Drei Kugeln verließen den Lauf seiner Waffe.

Drei Kugeln, die scheinbar in Zeitlupe von der ausgestreckten Hand des Aggressors abprallten und direkt auf Jayce zurückgeschleudert wurden.

Drei Kugeln, die in seinen Körper einschlugen und sein Leben beendeten.

In einem verwüsteten Lohnbüro starb Jayce Starkey, während der Superheld, der dafür verantwortlich war, sich wortlos umdrehte und den Tatort verließ.

Piper war stolz darauf, eine ausgebildete Köchin zu sein. Und sie war stolz, immer die drei goldenen Koch-Tugenden zu befolgen: Sauberkeit, exzellente Zutaten und Disziplin.

Heute Morgen war ihr das allerdings komplett egal.

Sie packte hastig das ungesunde Weißbrot aus, warf den Deckel von dem Nutella-Glas in die Spüle, und quetschte die Senfflasche so fest, dass Tropfen der gelben Sauce auf das Tischtuch platschten.

Sie hatte Hunger!

Auf Schokolade, Gurken, Honig, Ketchup – auf irgendwie alles.

Da ihr klar war, dass das eine Nebenwirkung der Schwangerschaft war, machte sie sich keine weiteren Gedanken darüber.

Als sie gerade in ihr Brot beißen wollte, kam Paige hereinspaziert – von draußen. Sie trug immer noch das hellblaue Kleid, ihr Make-up war verwischt, und ihre Haare sahen mitgenommen aus.

»Morgen«, murmelte sie wenig enthusiastisch.

»Morgen«, gab Piper zurück. »Bist du jetzt erst nach Hause gekommen?«

Paige sah an sich herunter. Die Antwort war ja wohl offensichtlich: »Ja-ha ...«

Dann sah sie das Frühstück ihrer Schwester – und musste augenblicklich ein Gefühl der Übelkeit niederkämpfen. »Schokocreme und Gurken auf Senfsauce – willst du das wirklich essen?«

Piper sah ihre Kreation kritisch an. »Das war eigentlich der Plan.« Dann wandte sie sich wieder dem wirklich wichtigen Thema zu. »Du warst heute Nacht nicht zu Hause?«

Paige rollte die Augen, »Nein, Mama. Warum?«

Piper dachte angestrengt nach. »Wahrscheinlich drehe ich jetzt vollends durch, aber ich könnte schwören, dass ich dich heute Nacht in deinem Zimmer gesehen habe, als ich an der Tür vorbeiging.«

Paige wurde sichtlich blass. »So gegen zwei Uhr dreißig?«

Piper nickte.

»Halb nackt?«, hakte Paige nach.

Piper war es nicht gerade recht, aber sie musste wieder nicken. »Was ist denn los?«

Paige winkte ab. »Ach, nichts. Ich will dich damit nicht belasten.«

Sie setzte sich erschöpft an den Küchentisch.

»Wieso denn belasten?«, rief Piper. »Wieso glaubt jeder in diesem Haushalt, man könne mich mit nichts mehr belasten? Also raus damit – was ist los?«

Paige atmete tief ein und sah zu ihrer Schwester auf: »Also – Dave und ich waren gerade dabei, ein bisschen ... na, du weißt schon.«

»Was?«, fragte Piper, denn sie hatte nicht die geringste Ahnung, wovon ihre Halbschwester sprach.

Paige ruderte mit den Händen: »Na ja, wir hatten Sex.«

»Sex?«, wiederholte Piper, als höre sie das Wort zum ersten Mal.

»Siehst du?«, sagte Paige triumphierend. »Darum will ich mit dir nicht darüber reden. Ist komisch genug, mit einer Schwangeren über so was zu plaudern – aber mit meiner schwangeren Halbschwester?«

Piper setzte einen entrüsteten Gesichtsausdruck auf. »Paige, was denkst du wohl, wie ich schwanger geworden bin?«

Die junge Hexe winkte schaudernd ab. »Darüber will ich gar nicht nachdenken. Wie dem auch sei – wir waren also in Aktion, und ich war nahe am ›du weißt schon‹ – und auf einmal habe ich mich plötzlich entmaterialisiert. In meinem eigenen Zimmer bin ich wieder aufgetaucht!«

»Du meine Güte!«, rief Piper entgeistert. »Hat er was davon gemerkt?«

»Glücklicherweise nicht«, beruhigte Paige ihre Schwester. »Ich war wieder in seinem Schlafzimmer, bevor das Licht anging. Das wäre sonst wirklich peinlich gewesen.«

»Peinlich?«, gab Piper zurück. »Paige, du wärst in Teufels Küche gekommen. Wie hättest du ihm das denn erklären wollen?«

»Ich habe es ja nicht absichtlich gemacht!«, verteidigte sich Paige.

»Und warum meinst du, ist das passiert?«, hakte Piper

nach. »War Dave nicht ... ich meine, hat er seine *Sache* nicht gut gemacht?«

Paige rollte genervt mit den Augen. »Doch hat er – sehr gut sogar. Aber bis auf Glen ist er der erste Mann, mit dem ich geschlafen habe, seit ich weiß, dass ich eine Hexe bin. Und ich habe das Gefühl, dass ich ihn *sehr* mag. Vielleicht bin ich einfach zu verkrampft, um mich wirklich fallen zu lassen, weil ich unser Geheimnis nicht verraten will.«

Piper sagte nichts. Irgendwie konnte sie ihre Schwester ganz gut verstehen. Es war sicher nicht einfach, jemandem sein Herz zu schenken und gleichzeitig zu verheimlichen, dass man eine Hexe ist.

»Wie hast du es geschafft?«, fragte Paige.

»Ich hab einen Engel geheiratet«, antwortete Piper geradeheraus.

Prompt ertönte in diesem Moment aus dem Wohnzimmer enormer Lärm.

»Leo?«, rief Piper.

4

MÜHSAM RAPPELTE SICH DER Wächter des Lichts auf und schüttelte die Reste des Tischs im Wintergarten von sich ab. Zwar konnten ihm die Holzsplitter nichts anhaben, aber es war schon ziemlich peinlich. Er konnte sich nicht mehr erinnern, wann es das letzte Mal so sehr danebengegangen war.

Der alte Mann in der weißen Robe neben ihm sah etwas verächtlich auf ihn herunter. »Du teleportierst dich nicht oft, wie?«

Leo klopfte sich den Staub aus den Kleidern. »Doch, aber ich bin ein bisschen nervös.«

In diesem Moment kamen Piper und Paige in den Wintergarten.

»Was ist los?«, fragte Piper besorgt. »Wir haben den Lärm gehört.«

»Er hat sein Ziel verfehlt«, erklärte der alte Mann genüsslich.

»Wer ist der Nörgler?«, fragte Piper ihren Gatten. Sie mochte es nicht, wenn man schlecht über den Mann ihres Herzens sprach.

Leo riss sich zusammen. »Das ist Ramus«, stellte er den Besucher vor, »er gehört zu dem *Rat der Ältesten*.«

Piper war sichtlich verblüfft. Der *Rat der Ältesten* wachte zwar über die Dinge auf Erden, machte sich aber persönlich ungern die Hände schmutzig.

»Ich dachte, er kommt erst heute Abend«, zischte Paige, was Piper noch misstrauischer machte. Was wusste ihre Schwester darüber?

Ramus wanderte im Wohnraum umher, während Leo händeringend die Situation erklärte: »Wir wollten dich nicht beunruhigen, bevor wir nicht sicher waren, ob die Drohungen der Dämonen ernst zu nehmen sind.«

»Welche Drohungen?«, fragte Piper nach. Sie hatte langsam das Gefühl, dass zu viel in diesem Haushalt über ihren Kopf hinwegging.

»Nicht gerade überzeugend, aber es wird wohl genügen«, verkündete Ramus, während er das Halliwell-Haus begutachtete. Doch seine Abneigung stand ihm deutlich ins Gesicht geschrieben.

»Was geht hier vor?«, verlangte Piper nun zu wissen. »Was habt ihr beiden ausgeheckt?«

»Es war Phoebes Idee!«, verteidigte sich Paige.

»Wir dachten, es würde die Sache für dich einfacher machen«, ergänzte Leo.

Piper verstand nun gar nichts mehr. »Schluss mit der Geheimnistuerei! Das macht mich wahnsinnig! Ich bin schwanger, nicht todkrank!«

Leo deutete auf den Mann, der immer noch das Haus inspizierte. »Ramus setzt sich zur Ruhe – er muss seine Kräfte an ein neues Mitglied weitergeben.«

»Und?«, fragte Piper.

»Im Moment gibt es keinen Dämonen, der das nicht gerne vereiteln würde, um an seine Kräfte zu kommen«, fuhr Leo fort. »Es wäre sehr hilfreich, wenn ihr ihn vor Angriffen schützen könntet.«

Piper nickte. Das war doch mal was Handfestes. Damit konnte sie etwas anfangen. Ihre Hexenkräfte waren gefragt. Gut. Kein Schwangerschafts-Krimskrams.

»Warum kann Ramus sich nicht aus der Gefahrenzone wegteleportieren?«, fragte Paige.

Leo wollte antworten, wurde aber von seinem Gast unterbrochen: »Meine Kräfte sind mentaler Natur, und deshalb nicht auf physische Körper anwendbar.«

Er wandte sich gelangweilt zu Leo: »Man sollte meinen,

dass eine deiner Schutzbefohlenen so etwas Grundlegendes weiß.«

Piper und Paige mühten sich ein gequältes Lächeln ab, während der bärtige alte Mann aus dem Raum schlenderte.

»Mit seinem Gehör scheint aber alles in Ordnung zu sein«, murmelte Paige.

»Nur seine Einstellung passt mir nicht«, knurrte Piper.

»Piper«, beschwor Leo seine Frau, »ein bisschen mehr Respekt?«

Die junge Hexe seufzte. Klar, sie hatten dem *Rat der Ältesten* vieles zu verdanken, und als Quasi-Gottheiten konnten sie sich einiges herausnehmen.

»Wer ist denn das neue Mitglied des *Rates*?«, wollte Paige wissen.

»Das ist noch nicht klar«, ertönte Ramus' Stimme aus dem Flur. »Aber die Übertragung meiner Kräfte muss heute Abend stattfinden, während der Mondfinsternis. Sonst sind meine Kräfte für immer verloren.«

Piper warf ihrem Mann einen strengen Blick zu. »Dann sollen wir also nur rumsitzen und abwarten?«

Leo hob die Schultern. Ramus kam wieder herein.

»Unglücklicherweise, ja«, sagte er.

Paige und Piper sahen sich an.

Das konnte ja heiter werden.

5

DER *San Francisco International Airport* war eines der größten Drehkreuze der USA. Seit über fünfzig Jahren kamen hier täglich hunderte von Flugzeugen an – und hoben wieder ab.

Ganz früher hatte ein Team von Mechanikern sich um die technischen Probleme der Maschinen gekümmert, aber das war lange her. Heute hatte jeder Hersteller selbst teuer bezahlte Spezialisten, die vor Ort auf die Sicherheitsstandards achteten.

Die Lagerhalle, in der die Mechaniker gearbeitet hatten, war deshalb in Vergessenheit geraten – wohl auch, weil sie etwas abseits von den anderen Gebäuden gelegen war.

Hier drinnen war alles noch so, wie es vor über zwanzig Jahren verlassen worden war – auf den Tischen lagen Zeitungen und Werkzeug, und in einer offenen Lunchbox waren dunkel die Reste eines Brotes zu erahnen. Ein paar größere Flugzeugteile standen auf dem Fußboden herum. Auf einer kleinen Rampe in der Mitte des Raums ruhte sogar eine komplette Spitze einer alten DC-8. Nur wenig Licht fiel durch die zugenagelten Fenster, aber der anhaltende Lärm erinnerte den Besucher daran, wo er sich befand.

Kevin fand den Ort unheimlich. Technik hatte etwas von Zukunft und Hoffnung an sich. Doch die Überreste veralteter High-Tech-Maschinen zu sehen, war nur deprimierend.

Die Tür war nicht mal abgeschlossen gewesen. Irgendwann würde man das Gebäude einfach mit dem Bulldozer abreißen, um Platz für eine neue Startbahn zu schaffen.

Kevin tastete sich im Halbdunkel langsam vorwärts.

Sein Herz blieb fast stehen, als Arnons Stimme ertönte: »Ich freue mich, dass du kommen konntest.«

Dämonen liebten dramatische Auftritte, und dieser hier war Arnon wirklich gelungen. Er saß im Captains-Sessel im Cockpit der aufgebockten DC-8-Spitze.

Kevin atmete tief ein. Er wusste, dass er hatte kommen müssen. Es gab keine Möglichkeit, sich vor Arnon zu verstecken. Aber was er dem Dämon zu sagen hatte, würde kein Zuckerschlecken werden.

»Wo ist der Aggressor?«, fragte Arnon unumwunden.

»Er ... er ist weg«, stotterte Kevin.

So, jetzt war es raus!

Arnon zog nur leicht die Augenbrauen zusammen. Er wartete auf die Pointe.

»Ich habe das Papier zerrissen«, beichtete Kevin.

»Du hast was?«, knurrte der Dämon.

»Er hat jemanden ermordet!«, verteidigte sich Kevin. »Jayce ist tot!«

Arnon zuckte mit den Schultern. »Na und? Dafür hattest du ihn doch erschaffen, oder?«

»Nein!«, protestierte der Junge. »Er sollte ihn nicht ermorden!«

»Jayce war einer von den Bösen«, erinnerte Arnon Kevin. »Genau wie Ramus.«

Kevin bemühte sich, seine Fassung zu bewahren. »Ich werde ihn nicht noch einmal zeichnen. Auf keinen Fall.«

Arnon begann, durch die Halle zu schlendern, während er sprach. »Wenn ich mich recht erinnere, hatten wir einen Pakt geschlossen. Du hilfst mir, ich helfe dir. Und dazu brauche ich den Aggressor. Ohne ihn kann ich gegen Ramus nichts ausrichten. Ohne ihn komme ich nicht an seine Kräfte?«

»Wieso kannst du ihn nicht selbst angreifen?«, fragte Kevin, der keine Ahnung von den magischen Spielregeln hatte.

Arnon seufzte. »Das habe ich dir doch schon erklärt. Ich

kann außergewöhnliche Zauberkräfte nur spüren. Aber ich kann mich dieser Kräfte nicht bemächtigen – noch nicht! Dafür brauche ich deine Hilfe. Und die des Aggressors!«

Kevin starrte betreten zu Boden. Er wusste nicht mehr weiter. Es stimmte, Arnon hatte seine Seite der Vereinbarung gehalten – wenn auch mit furchtbaren Konsequenzen.

Der Dämon schien sich um die Gewissensbisse des Jungen nicht zu scheren. Er griff in Kevins Tasche und zerrte den Block hervor. »Nun bring den Aggressor ins Leben zurück – bevor jemand anderes seins verliert.«

Kevin starrte wie hypnotisiert auf den Block. Seine Gedanken rasten. Er hatte keine Wahl.

Aber er musste sich etwas einfallen lassen!

6

Cathy, die Redaktionsassistentin, trug sichtlich schwer an der kleinen Kiste, die sie in Phoebes Büro schleppte. Mit einem finalen Ächzer hievte sie das Teil auf den Schreibtisch der ›Sorgentante von San Francisco‹.

Phoebe blickte von ihrem Notebook hoch, und sah die Umschläge und Päckchen, die aus der Kiste quollen, kritisch über den Rand ihrer Lesebrille an.

»Und das sind nur die wichtigsten Hilferufe, in denen es um Leben und Tod geht?«, fragte sie halb kritisch, halb ängstlich.

Cathy legte die Stirn in Falten. »Mehr oder weniger.«

Phoebe seufzte vernehmlich. »Wie soll ich die denn alle schaffen? Hat niemand in San Francisco Sorgen, die auch ohne mich gelöst werden könnten?«

Cathy grinste. »Machen Sie es wie Ihre Kollegen bei den anderen Zeitungen – bearbeiten Sie zehn pro Tag, und den Rest ignorieren Sie einfach. Sie können ja nicht allen Menschen helfen.«

»Das ist das Problem«, stöhnte Phoebe.

Sie saß in einer Zwickmühle. Als gute Hexe war es eigentlich ihre Pflicht, jedem zu helfen, der darum bat. Aber das wurde zu einem Fulltime-Job. Auch ihre Aufgaben als Zauberhafte litten darunter. Es war ein wirklich interessantes moralisches Dilemma.

Das Telefon klingelte.

Cathy nutzte die Gelegenheit, um sich aus dem winzigen Büro zu stehlen.

»Phoebe Halliwell«, meldete sich die junge Hexe.

»Was sagt man zu einer nervigen kleinen Schwester, die ihre große schwangere Schwester wie eine Porzellanpuppe behandelt?«, ertönte Pipers Stimme grußlos aus dem Apparat.

Phoebe wusste natürlich, worum es ging. »Danke, vielleicht?!«

»Wie wäre es mit ›Es reicht‹?«, zischte Piper, während sie den Hörer zwischen Schulter und Kinn klemmte, um ein Glas Gurken durch die Küche zu tragen.

»Das ist wahrscheinlich die bessere Antwort«, gab Phoebe zu. »Bist du sauer auf mich?«

Piper stellte das Glas in den Kühlschrank. »Nicht, wenn du nach Hause kommst und für Ramus die Babysitterin spielst.«

Phoebe atmete scharf ein. »Schätzchen, das geht nicht – auf meinem Schreibtisch stapeln sich die Sorgenbriefe.«

Piper griff eine Orange und stellte den Entsafter auf den Küchentisch. »Maria S. aus D. wird warten müssen – bei mir im *P3* sind heute DJ-Proben!«

»So einfach ist das nicht«, entgegnete Phoebe. »Und außerdem sollst du doch sowieso nicht arbeiten.«

»Phoebe!«, giftete Piper, die sich schon wieder bevormundet fühlte.

»Entschuldigung, wenn ich mir wegen meiner Nichte Sorgen mache«, flötete die junge Hexe. »Wie sieht es denn mit Paige aus – hat die keine Zeit?«

»Anscheinend nicht«, grummelte Paige. »Sie ist bei Dave, und damit beschäftigt, nicht aus Versehen wieder zu verschwinden, wenn's am schönsten ist.«

»Meine Güte«, seufzte Phoebe. »Also, okay, wie wäre es, wenn ...«

Sie suchte nach einer Lösung, zermarterte ihr Gehirn – als Cole in der Tür stand.

Cole, der smarte Staatsanwalt, der früher einmal der Dämon Balthasar gewesen war. Der die Hölle hatte regieren wollen. Der Phoebe als seine Königin hatte haben wollen. Der den Zauberhaften nach dem Leben getrachtet hatte. Der diverse Male das eigene Leben verloren hatte. Und der nun wieder auf Erden weilte, um seine Schuld zu sühnen – angeblich.

»Cole«, keuchte Phoebe überrascht.

»Cole?«, kam es von Piper aus dem Hörer. »Wieso sollten wir Cole ein Mitglied des *Rates* bewachen lassen? Hältst du das wirklich für eine gute Idee?«

Phoebe war völlig verwirrt. Sie konnte keinen klaren Gedanken fassen. »Ich ... ich melde mich. Ich meine ... ich komme. Sobald ich kann.«

Sie legte auf und starrte den Mann an, der mal die Liebe ihres Lebens gewesen war.

Dann fing sie sich wieder. »Cole – was gibt's? Ich hab's eilig.«

Demonstrativ packte sie ihre Tasche und steckte die Brille in das Etui.

Cole hob die Hände. »Keine Sorge – diesmal geht es nicht um mich. Oder um uns. Ich brauche deine Hilfe.«

»Wer braucht die nicht?«, murmelte sie, während sie aufstand.

»Hast du jemals von Edward Miller gehört, dem Typen, dem im Ghetto mehrere Häuserblocks gehören?«, fragte Cole. »Er hat sich staatliche Gelder für Renovierungsarbeiten gesichert, aber statt zu sanieren lässt er die Mieter rauswerfen.«

»Wie kann er damit durchkommen?«, fragte Phoebe nach.

»Keine Ahnung. Deshalb brauche ich auch eine einstweilige Verfügung.«

Phoebe konnte sich nicht helfen – sie musste grinsen. »Warum so kompliziert? Warum verwandelst du ihn nicht einfach in eine Kanalratte?«

»Glaub mir, ich hätte große Lust dazu«, knurrte Cole. »Aber ich habe mir geschworen, meine Kräfte unter keinen Umständen mehr einzusetzen.«

Jetzt wurde die Sache interessant. »Seit wann?«

»Seit ich ... na ja, seit ich versucht habe, dich mit ihnen zu erwürgen«, bekannte Cole.

Richtig!

Das war eine wirklich unangenehme Episode gewesen.

Eine von vielen, die Phoebe mit Cole durchgemacht hatte.

Es war gut, dass er sie daran erinnerte.

Sie packte ihre Jacke und machte sich auf den Weg.

Cole lief ihr nach wie ein begossener Pudel.

»Ich arbeite den Rest des Tages zu Hause durch«, rief Phoebe Cathy zu, als sie an deren Schreibtisch vorbeikam.

Cole hielt Phoebe fest. »Bitte, Phoebe. Es ist mir Ernst. Die Mieter werden heute Abend vor die Tür gesetzt, und vor morgen bekomme ich keine richterliche Verfügung. Vielleicht könntest du Miller drohen, ihn in der Zeitung auffliegen zu lassen.«

Phoebe strich sich über die Stirn. »Ich habe nicht mal genug Zeit, meinen Lesern zu helfen.«

»Es sind Familien darunter, Kinder – Babys!«, erhöhte Cole den Druck. »Ohne dich sind sie obdachlos!«

Phoebe winkte erneut ab. »Momentan fehlen mir einfach die Kräfte für so was!«

Cole sah enttäuscht aus. »Dir mag einiges fehlen – aber nicht deine Kräfte.«

Mit diesen Worten drehte er sich um und machte sich auf den Weg.

»Meinte er Edward Miller, den Slum-König?«, fragte Cathy vorsichtig. »Sie haben Briefe von einigen seiner Mieter bekommen.«

»Echt?«, fragte Phoebe ungläubig. »Die habe ich gar nicht gesehen.«

Cathy legte mitleidig den Kopf schräg. »So weit sind Sie noch gar nicht gekommen.«

7

Es war ein schönes Haus. Mit einer schönen Wohnung im zweiten Stock. Und einem schönen Schlafzimmer. Das Bett in dem Schlafzimmer war auch schön.

Alles war schön – und perfekt.

Was sich allerdings unter der Bettdecke abspielte, war weder das eine noch das andere.

Entnervt rollte Dave zur Seite.

Er hatte wirklich alles gegeben.

Paige atmete geräuschvoll aus, fast ein bisschen froh, den massiven Männerkörper nicht mehr auf sich liegen zu haben.

»Du bist nicht ... oder?«, fragte Dave vorsichtig, obwohl er die Antwort kannte.

»Nein«, murmelte Paige. Sie konnte ihn ja schlecht belügen. »Es liegt aber nicht an dir. Es liegt an mir, wirklich.«

Es war ihr klar, wie abgeschmackt dieser Spruch klingen musste.

»Das sagst du immer wieder«, beschwerte sich Dave. »Aber was soll das heißen?«

Er stützte sich auf und sah ihr direkt in die Augen.

»Das ist zu kompliziert«, murmelte Paige, und sie war sich nicht sicher, ob sie es dabei belassen wollte.

Dave grinste ein wenig schief. »Da hast du aber Glück gehabt – ich bin ein Experte für komplizierte Fälle.«

Er nahm ihre Hand und küsste sie sacht. »Sprich mit mir, Paige. Sag mir, was los ist. Ich werde schon nicht weglaufen.«

»Versprochen?«, fragte Paige vorsichtig.

Sie wollte ihm ja vertrauen, wollte ihm alles erzählen.

»Versprochen«, flüsterte Dave.

»Es ist so«, begann sie, »ich bin … ich … ich bin nicht so wie andere Mädchen.«

Auch das klang wie aus einem Kitschroman.

»Genau deshalb mag ich dich ja«, bemerkte Dave verwirrt.

Paige schüttelte den Kopf. »Ich bin wirklich anders als andere Mädchen. Anders, als du es dir vorstellen kannst.«

»Okay«, sagte Dave gedehnt. Die Sache kam ihm langsam wirklich komisch vor.

»Kannst du damit umgehen?«, wollte Paige wissen.

Dave atmete tief durch: »Mit was denn?! Du hast mir ja noch gar nichts gesagt!«

»Ich bin auf jeden Fall kein Freak«, zischte Paige. »Ich habe keinen Pferdehuf, oder so etwas!«

Dave ließ sich in sein Kissen zurückfallen. »Ich habe nicht die geringste Ahnung, wovon du redest.«

»Vergiss es«, knurrte die junge Hexe.

Sie bekam es einfach nicht auf die Reihe.

»Was soll ich denn vergessen?«, rief Dave verzweifelt.

Paige schwieg jetzt.

Der Moment war vorbei.

Sie konnte es ihm nicht sagen.

Zumindest noch nicht.

Einen Moment lang dachte sie daran, nach Hause zu fahren.

Dann überlegte sie es sich anders: »Ich war eben schon ganz nahe dran …«

Sie setzte ein verführerisches Lächeln auf, das seine Wirkung nicht verfehlte.

Dave zog sie zu sich heran und küsste sie leidenschaftlich.

Für die Wahrheit war später noch Zeit …

»Leo?«, rief Piper lauthals.

Sie lief durch das Halliwell-Haus auf der Suche nach ihrem Ehemann.

In der Diele stolperte sie über Ramus – der meditierend in der Luft hing!

Das plötzliche Auftauchen der jungen Hexe brach die Konzentration des Lichtwesens – und Ramus fiel polternd auf den Boden.

»Oh«, machte Piper nur.

»Oh«, knurrte Ramus, während er sich aufrappelte. »Du hast meine Meditation gestört. Dafür ist strikte Ruhe erforderlich!«

»Dann sind Sie aber definitiv im falschen Haus«, stichelte Piper, und weigerte sich, zum vertraulicheren ›du‹ überzugehen. »Wo ist Leo?«

»Er ist oben«, erklärte Ramus widerwillig.

»Dann richten Sie ihm bitte aus, dass ich im *P3* bin«, sagte Piper. »Er soll auf Sie aufpassen, bis Phoebe hier ist.«

»Ich werde das keinesfalls ausrichten!«, empörte sich der alte Mann. »Als Hexen ist es *eure* Aufgabe, mich zu schützen!«

Pieper atmete scharf ein. »Okay, dann wollen wir mal ein paar Sachen klarstellen. Ich kenne die Regeln des *Rates* – und sie passen mir nicht. Ich bin sogar stolz darauf, einige davon gebrochen zu haben.«

Ramus nickte. »Wir sind uns bewusst, dass du im Laufe der Jahre immer wieder ... unwillig gewesen bist.«

Piper nickte. »Und zwar ohne Reue. Ich weiß, dass es euch nicht gefällt, dass ich einen Wächter des Lichts geheiratet habe ...«

Ramus lächelte plötzlich. »Die Meinung darüber gehen durchaus auseinander. Einige von uns haben vorausgesehen, dass aus dieser Verbindung ein ganz besonderes Baby hervorgehen wird ...«

»Wie dem auch sei«, fuhr Piper fort, bis ihr klar wurde, was Ramus da gerade gesagt hatte. »Moment mal – was heißt das, mein Baby wird etwas Besonderes werden?«

In diesem Moment ging die Haustür und eine völlig abgehetzte Phoebe stürmte herein. »Hi, allerseits.«

Piper war für einen Moment abgelenkt, und Phoebe machte die Sache noch schlimmer: »Keine falschen Hoffnungen – ich muss gleich wieder weg.«

Sie sah jetzt den alten Mann und war sichtlich beeindruckt. Sie reichte Ramus sogar die Hand: »Es mir eine Ehre und ein Vergnügen, jemanden aus dem *Rat der Ältesten* zu treffen. Echt, wow – aber ich muss trotzdem los.«

Sie wandte sich wieder an ihre Schwester. »Sorry, aber wenn ich diesen üblen Vermieter nicht stoppe, dann ...«

In diesem Moment schwankte Ramus plötzlich und fasste sich an den Kopf.

»Was ist los?«, fragte Piper besorgt.

Ramus schüttelte den Kopf, um wieder klar denken zu können. »Jemand kommt – wegen mir!«

Die beiden Halliwell-Schwestern hatten keine Zeit, über diese Aussage nachzudenken, denn kurz darauf bewahrheitete sie sich auch schon.

Die Terrassentür wurde wie von einem Wirbelsturm aus den Angeln gerissen, und zwischen den Bruchstücken tauchte ein Mann auf, der mit übermenschlicher Geschwindigkeit in das Halliwell-Haus eindrang.

Piper und Phoebe hatten erwartet, dass es sich um einen Dämon handeln würde – aber stattdessen war es ein Superheld.

Kein Zweifel, der Typ sah aus wie aus einem Comic. Groß, muskulös, mit Lederkostüm und Maske. Auf seiner Brust war ein Wappen mit einem ›A‹ zu erkennen.

»Ich will ihn!«, knurrte der Eindringling und deutete auf Ramus.

Mit Überschallgeschwindigkeit bewegte er sich auf ihn zu.

Doch Piper hatte aufgepasst. Sie riss die Arme hoch und stoppte die Zeit.

Tatsächlich schien der Comic-Held auf einmal wie in Gelee gefangen zu sein. Seine Bewegungen verlangsamten sich drastisch.

Aber er blieb nicht stehen!

Es gelang ihm, sich Ramus weiter zu nähern. Piper wurde klar, dass ihr Zauber nicht stark genug war. »Phoebe!«, rief sie.

Phoebe hatte auf ihren Einsatz schon gewartet. Mit einem Satz sprang sie auf Ramus zu und schubste ihn zur Seite.

Die Arme des Angreifers stießen ins Leere.

»Paige!«, rief Phoebe. Sie brauchte die Teleportationskräfte ihrer Halbschwester, um Ramus in Sicherheit zu bringen.

Einen Herzschlag später flimmerte die Luft, und Paige erschien.

Im schwarzen Negligee!

Schwer atmend verkündete sie: »Verdammt, ich war *so nah dran*!«

Piper und Phoebe wollten gar nicht wissen, worum es ging.

Die Aufmerksamkeit des Gegners richtete sich erneut auf Ramus.

Phoebe stellte sich ihm in den Weg, die Arme in Abwehrhaltung.

»Ich will nicht dich«, knurrte der Superheld, »ich will nur ihn!«

»Sorry, aber das wird nicht gehen«, zischte Phoebe, und landete einen kräftigen Tritt gegen den Brustkorb ihres Angreifers.

Der Comic-Held schien es gar nicht zu merken. Eher beiläufig packte er Phoebes Fuß und wuchtete ihren ganzen Körper nach hinten weg. Sie fiel gegen Piper und Paige, und gemeinsam landeten die Zauberhaften auf dem Fußboden.

In diesem Moment waren Geräusche von der Treppe zu hören.

Leo!

Wie ein Derwisch kam er heruntergerannt und übersprang den letzten Absatz. Hart prallte er gegen Ramus – und die beiden lösten sich sofort in Luft auf.

Wütend sah sich der Angreifer um.

Sein Opfer war verschwunden!

Seine Mission war gescheitert.

Er warf keinen Blick mehr auf die Hexen. Sie waren unwichtig.

Mit einem Blitz schoss er aus dem Haus.

Zurück blieben eine kaputte Tür, ein paar zertrümmerte Möbel – und drei Hexen, die keine Ahnung hatten, was da eben passiert war.

»Kennt eine von euch den Masken-Mann?«, fragte Phoebe.

8

DER DACHBODEN DES HALLIWELL-HAUSES war mittlerweile gut ausgebaut. Aus dem ehemaligen Sperrmüll-Lager war ein gemütliches Wohnzimmer geworden, das in den Farben des Buntglasfensters aufleuchtete. Teppiche lagen auf dem Boden vor einem Sofa. Doch das zentrale Möbelstück war natürlich immer noch das Podest, auf dem das *Buch der Schatten* lag.

»Wir sollten unter ... unter was sollten wir überhaupt nachsehen?«, stotterte Paige, während sie das Zauberbuch aufschlug.

»Er hatte ein großes ›A‹ auf der Brust, vielleicht sollten wir bei dem Buchstaben anfangen«, schlug Piper vor.

»Das wird nichts bringen«, widersprach Phoebe und setzte sich auf einen Hocker. »So eine Gestalt findest du höchstens bei einer Comic Convention.«

»Es kann doch trotzdem ein Dämon sein«, beharrte Paige.

»Paige, er hat ein Kostüm getragen!«, rief Phoebe. »So laufen doch Dämonen nicht rum!«

Es klingelte leicht, und in einem Funkenregen erschien Leo auf dem Dachboden.

»Ramus ist vorerst sicher«, erklärte der Wächter des Lichts, »aber er kann nicht allzu lange oben bleiben, sonst verpasst er die Mondfinsternis.«

»Kann er nicht die nächste abwarten?«, fragte Phoebe, die im Moment zu viele Sorgen auf einmal hatte.

Leo schüttelte den Kopf. »Es gibt nur diese eine Gelegenheit, seine Kräfte an einen Nachfolger weiterzugeben.«

»Aber ich habe nur heute Abend die Chance, diesen Mietern zu helfen. Sonst sitzen sie auf der Straße!«, erklärte Phoebe verzweifelt.

Piper stellte sich neben Paige vor das *Buch der Schatten*. »Dämonen sind wichtiger als hartherzige Vermieter, würde ich sagen.«

Erst jetzt bemerkte Leo Paiges Aufzug. Sie hatte sich zwar einen blauen Seiden-Bademantel übergeworfen, aber darunter war ihr Negligee deutlich zu erkennen – und es war schließlich helllichter Tag. »Von wo bist du denn gekommen?«

Paige zog hastig den Bademantel zu. »Ich hatte ein paar persönliche Probleme, um die ich mich kümmern musste.«

»Ich bin dein Wächter des Lichts«, sagte Leo hilfsbereit, »wenn du also mit mir über irgendetwas reden willst ...«

»NEIN!«, riefen Piper und Paige zeitgleich.

Das wäre ja noch schöner gewesen!

»Können wir uns mal wieder auf den Comic-Typen konzentrieren?«, unterbrach Phoebe das Gespräch.

Piper nickte. »Comic-Läden könnten der richtige Ort sein, um mit der Suche zu beginnen. Erinnert ihr euch an den Dämon der Illusion?«

»Nein«, sagte Paige verwirrt.

»Das war auch vor deiner Zeit«, erklärte Leo. »Der Dämon konnte sich in Filmen verstecken.«

»Unser Gegner könnte sich also auch in Comics verstecken«, mutmaßte Piper, »oder aus ihnen heraustreten.«

»Dann müssen wir also den Comic-Shops einen Besuch abstatten?«, fragte Paige.

»Das wird ja ewig dauern«, stöhnte Phoebe.

Paige winkte ab. »Kein Problem – kümmere du dich um deinen Vermieter-Hai, und wir treffen uns dann später wieder.«

Phoebe schüttelte den Kopf. »Wir sollten das hier zusammen durchziehen.«

»Wieso?«, beharrte Paige. »Wenn ich einen Typen im Kostüm sehe, teleportiere ich mich einfach weg.«

»Es bleibt gefährlich«, widersprach Phoebe. »Du solltest nicht alleine arbeiten.«

»Sie wird ja nicht alleine sein!«, rief Piper protestierend. »Hallo? Erinnert sich noch jemand an mich? Die unsichtbare Frau? Ihr müsst echt mal mit diesem Unsinn aufhören, mich bei allen Problemen auszuschließen.«

Sie packte Paige energisch am Arm und zog sie in Richtung Tür. »Dich kleiden wir jetzt erst einmal wieder in etwas Jugendfreies.«

Leo und Phoebe blickten den beiden Schwestern nach.

Ob das alles so eine gute Idee war.

Verzweifelt griff sich Kevin an den Hals.

Keine Chance – das seltsame Licht, das ihm die Luft abwürgte, war nicht zu packen.

Er stolperte ein paar Schritte zurück, bis er an die Wand der Flugzeug-Lagerhalle stieß.

Arnon sah sich das Schauspiel in aller Ruhe an.

Strafe musste sein.

»Wie konnte der Aggressor versagen?«, knurrte der Dämon. »Ich dachte, du hättest ihn unbesiegbar gezeichnet!«

Kevin wollte antworten, wollte sich rechtfertigen, aber er bekam außer einem mühsamen Husten kein Geräusch aus seiner Kehle.

»Die Mondfinsternis ist ein seltenes Ereignis«, fuhr Arnon fort, »und wenn ich diese Gelegenheit verpasse, werde ich auch den Rest meines Lebens nur die Macht anderer spüren – aber selber keine besitzen! Ich will Ramus' Kräfte!«

»Ich ... habe ... es ... versucht«, krächzte Kevin.

»Dann ... versuch ... es ... noch einmal«, grinste Arnon. »Du wirst einen neuen Aggressor zeichnen – einen stärkeren, größeren. Einen, der es mit den Hexen aufnehmen kann, wenn Ramus wieder in ihrem Haus ist.«

Endlich lockerte er die Lichtschlinge um Kevins Hals. Der Junge begann zu husten. »Was ... was ist, wenn ich den Aggressor auf dich loslasse?«

Arnon winkte gelangweilt ab. »Du wärst tot, bevor du auch nur einen Mucks von dir geben könntest. Und dann wäre deine Familie dran. Danach deine Freunde. Ich habe vielleicht nicht viel Macht, aber dafür reicht es immerhin noch.«

Kevin zweifelte keinen Moment daran, dass Arnon es ernst meinte.

Er nahm seinen Zeichenblock, zog den Stift aus der Jackentasche und begann zu malen.

Zuerst die ovale Kopfform. Das lernte man immer als Erstes. Einfache geometrische Figuren, aus denen jeder Körper zusammengesetzt war.

Dann strich Kevin das Oval einmal quer durch – die Linie, auf der Augen und Nasenwurzel liegen mussten.

Schnell entstand ein Gesicht.

Ein wunderschönes Gesicht.

Das Gesicht einer jungen Frau ...

9

»OKAY, ALLES RAUS HIER«, brüllte einer der massigen Typen von der Sicherheitsfirma, die für den Rausschmiss der Mieter zuständig war.

Es glich einem Flüchtlingsstrom in einem Krisengebiet. Männer, Frauen und Kinder drängten sich an Phoebe vorbei, als sie durch die große Eingangstür des Mietshauses trat. Manche trugen Schachteln, andere Koffer. Ein kleines Mädchen presste verängstigt einen Teddybären an seine Brust. Ein Hund bellte.

Es war ein Bild der Schande.

Phoebe spürte, wie die Wut in ihr kochte. Am Ende des Gangs sah sie einen fetten, glatzköpfigen Typen im schlecht sitzenden Anzug, der die ganze Aktion zu koordinieren schien.

Sie atmete tief ein und trat direkt auf ihn zu: »Edwin Miller?«

Der Typ sah sie abschätzend an: »Na und?«

Sie mühte sich ein Lächeln ab. »Phoebe Halliwell vom *Bay Mirror.* Könnte ich Ihnen ein paar Fragen stellen?«

Miller schien einen Moment lang nachzudenken. Dann grinste er: »Nein.«

Er drehte sich um und ließ Phoebe grußlos stehen.

Sie lief ihm nach, was gar nicht so einfach war, denn der Typ machte große Schritte. »Wie fühlt man sich als der am meisten gehasste Mann von San Francisco?«

Miller blieb nicht stehen, aber er hörte zu: »Was soll das heißen?«

Phoebe drängte sich an ihm vorbei und stellte sich vor ihm auf, damit sie ihm direkt ins Gesicht sehen konnte: »Das werden sie ab morgen sein – sobald die Titelgeschichte an allen Zeitungsständen zu sehen ist: Skrupelloser Makler wirft mittellose Mieter raus!«

Miller tippte ihr mit dem Zeigefinger auf das Brustbein: »Wenn Sie das schreiben, verklage ich Sie wegen Verleumdung.«

»Ich mag ein bisschen eingerostet sein, was meine Jura-Kenntnisse angeht«, erklärte Phoebe, »aber solange man bei der Wahrheit bleibt, ist es keine Verleumdung.«

»Gehen Sie mir aus dem Weg«, zischte Miller genervt und schob Phoebe beiseite.

»Damit kommen Sie nicht durch!«, rief Phoebe. »Meine Zeitung wird das ganz groß rausbringen!«

»Ich bin schon damit durchgekommen, Baby«, gab Miller ihr zu verstehen, dann bog er um eine Ecke, die zum Hinterausgang des Hauses führte.

Phoebe stolperte ihm hastig hinterher.

Und da geschah es – glücklicherweise außerhalb der Sichtweite der ausziehenden Mieter.

Phoebe verwandelte sich.

Das allein war nicht sehr schockierend – als Hexe waren sie und ihre Schwestern schon in alles Mögliche verwandelt worden, inklusive Hunde und Meerjungfrauen.

Doch diesmal wurde das alles übertroffen.

Sie spürte ein kurzes Flackern um sich herum und dann ein Prickeln auf der Haut.

Sie konnte fühlen, dass sich ihre Kleidung verändert hatte.

Die Strumpfhose war weg, die Strickjacke an den Armen wärmte nicht mehr – und ihre Oberweite schien von schwerem Leder eingeschnürt.

Sie sah an sich herunter.

Unglaublich.

Sie trug schwarze, kniehohe Stiefel aus Leder mit mittelhohen Absätzen. Dazu Hotpants in rotschwarz, die vorne geschnürt waren – Phoebe bezweifelte, dass man die in einem Laden kaufen konnte, der ohne Ausweiskontrolle zu betreten war.

Tatsächlich war ihr Busen in ein ledernes Mieder gepackt – zumindest der größte Teil davon. Der Rest wurde dekorativ aus dem Dekolletee gepresst. Farblich war alles aufeinander abgestimmt.

Schwarze Lederarmbänder zierten ihre Handgelenke, an denen silberne Anhänger mit einem stilisierten ›P‹ baumelten.

P – für Phoebe?

Etwas kitzelte an ihrer Nase. Phoebe kräuselte sie und spürte etwas Schweres. Sie tastete danach – und berührte mit den Fingerspitzen eine Ledermaske.

Abgefahren – sie war plötzlich eine Superheldin! Wie im Comic! Und eine ziemlich scharfe noch dazu!

Es machte ihr weniger aus, als sie gedacht hatte. Sie hatte keine Angst und war auch nicht erschrocken.

Sie fühlte sich stark, verantwortungsbewusst und völlig Herrin der Lage.

Jetzt wusste sie, was zu tun war …

10

Comet Comics WAR EBENFALLS eine Pleite gewesen. Trotz einer recht genauen Beschreibung hatte keiner der anwesenden Comic-Freaks etwas mit der Beschreibung des Aggressors anfangen können. Aber die beiden sexy Schwestern waren in dieser Umgebung ein Volltreffer. Selten hatte Paige so viele und so *langweilige* Angebote bekommen. Die pickeligen Jungs waren so schüchtern, dass sie sich nicht einmal trauten, sie richtig anzubaggern. Stattdessen stammelten sie davon, dass Paige wie eine Heldin namens ›Dawn‹ aussähe, und Piper prima als eine ›Sara Pezzini‹ durchginge – was immer das heißen mochte. Auch der Besitzer war keine Hilfe gewesen. Er hatte ausgesehen wie der Comic-Laden-Boss der *Simpsons* und war ungefähr genauso freundlich.

Fast eine Stunde lang hatten Paige und Piper in den Bildheftchen geblättert, um eine Spur des Aggressors zu finden – erfolglos. Zweimal hatten sie sich böse Kritik eingefangen, als sie mit den unbezahlbaren Raritäten nicht vorsichtig genug umgegangen waren.

Als die Schwestern endlich die Tür des Shops hinter sich schlossen, hatten sie erst einmal die Nase voll. Es war auch schon dunkel draußen. Trotzdem warf Piper pflichtbewusst einen Blick auf ihren Notizblock: »Vier weitere Geschäfte, dann sind wir fertig.«

»Ich kann nicht mehr«, verkündete Paige. »Diese Superhelden-Geschichten deprimieren mich – ständig müssen die Retter der Witwen und Waisen als Singles ihr Dasein fristen, weil niemand von ihren Kräften wissen darf. Das ist keine gute Voraussetzung für mein Liebesleben.«

Piper atmete tief ein. Sie wusste, worauf das hinauslief: »Paige – willst du Dave heiraten?«

»Dave?«, prustete Paige überrascht. »Nein! Ich meine, ich kenne ihn doch kaum.«

»Dann mach dir lieber erst Gedanken darüber, wann du ihm die Wahrheit sagen willst.«

Paige wollte etwas erwidern, aber in diesem Moment funkelte es golden und beide Schwestern verwandelten sich – in Superheldinnen.

Sie bemerkten es nicht selbst, sondern erst als sie einander ansahen. Piper glaubte eine Fata Morgana vor sich zu haben, und Paige meinte, sie stände unter Drogen.

Doch damit ging der Spaß erst richtig los. Wie von einer Kanone geschossen, flogen die Schwestern plötzlich gen Himmel, beschrieben in der Luft einen Bogen und landeten auf dem Dach eines nahe gelegenen Hochhauses!

Ein paar Sekunden lang wagten die Halliwell-Hexen nicht, zu atmen. Sie wollten erst festen Boden unter den Füßen zu haben.

Paige sah Piper an.

Piper sah Paige an.

»Was war das?«, fragte Piper unsicher.

»Das wollte ich dich gerade fragen«, gab Paige zurück.

Auch wenn sie nicht wussten, dass ihrer Schwester Phoebe zur gleichen Zeit am anderen Ende der Stadt dasselbe passiert war – ihre Kostüme waren definitiv aufeinander abgestimmt.

Piper hatte einen ärmellosen Hosenanzug aus Lackleder an, der mit breiten Revers ausgestattet war. Das silberne Teil sah aus, als hätte man es 1976 in einer Disco geklaut. Ihre riesige Gürtelschnalle bestand aus einem stilisierten ›P‹.

Paige dagegen war für den Heldenjob noch unpraktischer, aber nicht weniger sexy gekleidet. Ihr pinkfarbenes Ledertop betonte die Tatsache, dass sie in Sachen Brustumfang nichts zu verbergen hatte. Ein knapper schwarzer

Leder-Mini zog den Blick auf ihre sportlichen Beine, die in schwarzen Stiefeln steckten.

Auch sie besaß ein stilisiertes ›P‹, das sie als Medaillon um den Hals trug.

Wahrscheinlich hätten die Schwestern eine halbe Stunde lang über die seltsame Verwandlung diskutiert, wenn Paige in diesem Moment nicht die verzweifelten Rufe einer Frau gehört hätte – mindestens drei Blocks entfernt!

Das war alles mehr als bizarr, aber Paige und Piper fühlten sich völlig wohl in diesen Outfits.

Und sie hatten Lust, so richtig Gas zu geben …

Der Typ zerrte die Frau an den Haaren aus ihrem Wagen. Er hatte extra gewartet, bis sie vom Einkauf zurückkam, um ihr den neuen BMW zu klauen. Es war leichter, einem hilflosen Opfer den Schlüssel abzunehmen, als ein Auto kurzzuschließen.

Seine grobe Art und die Pistole in seiner Hand sorgten für wenig Gegenwehr. Er stieß die Frau auf den Asphalt.

Einen Augenblick lang dachte er nach. Klar, er hatte jetzt freie Bahn, aber was war, wenn die blöde Schnepfe ihn bei den Cops verpfiff? Er hatte dummerweise seine Strumpfmaske zu Hause vergessen.

Egal – eine Kugel würde das Problem lösen …

»Hey!«, kam es plötzlich aus dem Nebel, der aus den Seitenstraßen aus den Gullydeckeln kroch.

Der Gauner traute seinen Augen kaum – er sah die Silhouetten zweier wirklich scharfer Weiber in Lackleder-Kostümen.

Und sie kamen direkt auf ihn zu!

Normalerweise hätte er sich über die Gesellschaft zweier hübscher Hasen gefreut, aber Dienst war Dienst und Schnaps war Schnaps. Zeugen konnte er nicht gebrauchen, egal wie gut sie gebaut waren.

Er hob die Waffe und feuerte auf Piper.

Diese war schon vorbereitet und wollte das Projektil durch Zeitsperre anhalten.

Doch das funktionierte nicht.

Stattdessen traf die Kugel ihre Handfläche – und wurde dort von ihr platt gequetscht!

Piper sah auf das kümmerliche Bröckchen Metall in ihrer Hand. »Nicht ganz das, was ich vorhatte – aber es reicht.«

Der Gangster merkte nun, dass er es nicht mit zwei Go-Go-Tänzerinnen aus einem Nachtclub zu tun hatte, und gab Fersengeld.

Doch er kam nur ein paar Schritte weit. Piper war so schnell, dass ihr Körper zu einem silbernen Streifen verschwamm.

Dann stand sie vor ihm. »Hi, wie geht's denn so?«

Zu einer Antwort kam er nicht mehr. Sein Körper flog in einem hohen Bogen durch die Luft und krachte in einen Müllcontainer.

Paige half der armen Frau derweil vom Boden auf. »Geht es Ihnen gut? Sollen wir einen Arzt rufen?«

Die Frau schüttelte eingeschüchtert den Kopf. »Wer seid ihr? Wo seid ihr hergekommen?«

Piper trat wieder hinzu. »Das ist eine sehr gute Frage.«

11

»AUSZIEHEN? WER HAT WAS VON ausziehen gesagt?«, kreischte Miller hysterisch. »Die können hier wohnen bleiben – ein Jahr, zehn Jahre!«

In dieser Situation hätte er alles versprochen, und das war Phoebe klar.

Schließlich hing er kopfüber vom Dach seines Mietshauses, und ihre starken Arme sowie fünfundzwanzig Meter waren das Einzige, was ihn davon trennte, ein hässlicher Fleck auf dem Bürgersteig zu werden.

Phoebe genoss ihre Kräfte, die sie instinktiv einzusetzen wusste. Es war ja schon cool, eine Hexe zu sein. Aber als Superheldin war sie ein Hammer!

»Und was ist mit den Kakerlaken?«, fragte sie drohend. »Was werden sie wegen der Kakerlaken unternehmen?«

»Morgen rufe ich den Kammerjäger, versprochen«, schrie Miller. »Bitte nicht fallen lassen!«

Plötzlich tauchte Cole hinter ihr auf. Er materialisierte auf dem Dach des Hochhauses. »Phoebe?!«

Die junge Hexe drehte sich überrascht um und ließ dabei mit einer Hand ein Bein von Miller los. Als er etwas abrutschte, kreischte er wie ein angestochenes Schweinchen.

»Was machst du hier?«, wollte Phoebe wissen, während sie den Vermieter lässig über dem Abgrund baumeln ließ.

»Ich habe einen Anruf bekommen«, sagte der Staatsanwalt seelenruhig. »Es hieß, Wonderwoman würde hier oben den Vermieter terrorisieren.«

Er blickte über die Dachkante und sah Miller – sowie zwei Dutzend Mieter, die von der Straße aus hochgafften. »Was zum Teufel machst du da?«

Phoebe ließ Miller ein wenig hin und her baumeln. »Ich bringe meinem Freund nur bei, wie man ein besserer Mensch wird.« Sie beugte sich ein wenig nach vorne. »Sind Sie schon ein besserer Mensch?«

»Ich falle!«, schrie Miller entsetzt. Sein Kopf war von der unnatürlichen Haltung puterrot geworden.

»Das fühlt sich anders an«, überlegte Phoebe. Sie ließ den Knöchel eine Sekunde lang los, sodass Miller einen halben Meter nach unten wegsackte. »Nämlich so.«

»Liebling, was geht hier vor?«, wollte Cole wissen.

»Nenn mich nicht Liebling«, zischte Phoebe.

Die Zeit der Liebe zwischen Phoebe und Cole war endgültig vorbei – auch wenn er das nur ungern einsah.

»Das bist nicht du«, stellte Cole trocken fest. »Und das meine ich wörtlich.«

»Machst du Witze?«, fragte Phoebe. »Natürlich bin das nicht ich. Das hier ist das bessere ›Ich‹. Ein stärkeres, schnelleres ›Ich‹. Jetzt kann ich nicht einigen Wenigen helfen, sondern der ganzen Stadt!«

»Vorsicht«, murmelte Cole, »Miller hat Ohren.«

Phoebe verdrehte verächtlich die Augen. »Unsinn. Momentan hört der bloß das Blut in seinen Ohren rauschen.«

Mit einer schnellen Bewegung zog sie den Vermieter hoch und warf ihn auf das Dach.

»Noch eine miese Nummer, und wir sehen uns hier oben wieder«, drohte sie und stemmte dabei demonstrativ die Hände in die Hüften.

Miller rappelte sich auf und rannte dann wie von der Tarantel gestochen zu der Tür, die zum Treppenhaus führte.

»Phoebe, hast du den Verstand verloren?«, fragte Cole, und es klang nicht, als ob er scherzte. »Was ist, wenn dich jemand sieht?«

»Deswegen tragen wir ja Masken«, entgegnete Phoebe stolz.

»Wir?«, hakte Cole nach.

»Wir Superhelden!« Sie sah sich um. »Sorry, aber ich muss weg. Es warten die Briefe vieler loyaler Leser, die meine Hilfe brauchen.«

Sie tätschelte ihm gönnerhaft die Schultern – und sprang dann mit einem Satz vierzig Meter weit auf das nächste Hausdach. Wie ein Gummiball hüpfte sie weiter, ein rotschwarzer Blitz, der ab und an ›Wow!‹ und ›Yippie!‹ schrie.

Cole konnte es nicht fassen.

12

EDWARD MILLER WAR SAUER. Er hatte sich von einer Schnepfe zum Deppen machen lassen.

Niemand machte so etwas.

Niemand!

Er wischte sich noch einmal den Schweiß von der Stirn, bevor er in die Eingangshalle des Hauses trat. Es brauchte ja niemand zu sehen, dass er sich gerade fast in die Hosen gemacht hatte.

Er schnappte sich einen der privaten Sicherheitsleute, die für die ordnungsgemäße Räumung des Hauses sorgen mussten: »Hey, Sie da! Finden Sie alles über Cole Turners Frau raus.«

Er bellte den Befehl so wütend, dass der Sicherheitsbeamte zusammenzuckte. »Cole Turners Frau?«

»Das habe ich doch gerade gesagt, oder?«

Mit diesen Worten stapfte er davon.

Er brauchte dringend einen Drink.

Mit einem lang gezogenen ›Yiehaaa!!!‹ rasten Paige und Piper durch San Francisco nach Hause – sechs Kilometer in drei Sekunden!

Erst im Wohnzimmer des Halliwell-Anwesens stoppten die rasenden Hexen.

Mann, das war ja unglaublich!

Paige schwankte etwas – die Geschwindigkeit verursachte einen leichten Schwindel.

»Volles Schädeltrauma«, murmelte sie und grinste: »Los, das machen wir gleich noch einmal!«

Obwohl Piper ähnlich begeistert war, behielt sie einen klareren Kopf. »Was ist, wenn uns jemand dabei sieht?«

Paige stieß verächtlich Luft aus. »Wie denn? Wir sind nur rasende Schatten. Und außerdem – wen schert's?«

Da musste Piper ihr Recht geben. Es war seltsam, aber als Superheldin fühlte sie sich so mächtig, dass es ihr relativ egal war, was die anderen Leute dachten oder merkten.

Mit einem Wirbel schoss nun auch Phoebe ins Zimmer.

»Okay«, begann sie, und rieb sich über die Augen, »gebt mir eine Sekunde, bis meine inneren Organe wieder an der richtigen Stelle liegen.«

Erneut wurde verblüfft gestarrt – die Hexen hatten die Möglichkeit, dass sie alle drei verwandelt worden waren, gar nicht in Betracht gezogen.

»Cooles Outfit«, staunte Paige, als sie Phoebes Hotpants sah.

»Du aber auch«, erwiderte Phoebe, die wieder mal ein bisschen neidisch war.

»Interessiert denn niemanden von euch, wo die Kostüme herkommen?«, fragte Piper spitz.

»Ist doch egal«, verkündete Phoebe stolz, während sie ihre Maske abnahm. »Ich fühle mich super, und ich habe so vielen Leuten geholfen, dass ...«

Sie hielt inne, kaum dass sie die Maske vollends vom Gesicht gezogen hatte.

»Was ist?«, fragte Piper, die merkte, dass mit ihrer Schwester etwas nicht stimmte.

Alle Begeisterung war aus Phoebes Blick gewichen. »Ich weiß, aber plötzlich erscheint mit diese Heldenmasche gar nicht mehr so toll. Es muss mit den Masken zusammenhängen. Sie üben diesen Einfluss auf uns aus.«

Das wollte Piper gleich mal selbst austesten und nahm ihre Maske ebenfalls ab. Der Effekt war derselbe wie bei Phoebe. Ihr Verstand setzte wieder ein und das übertriebene Gefühl von Stärke verschwand.

»Merkst du es?«, wollte Phoebe wissen.

»Unglücklicherweise, ja«, erwiderte Piper nüchtern.

Auch Paige zog ihre Maske bis zum Kinn runter. Sie hörte einen Moment lang in sich hinein. »Das ist doof – ich ziehe sie wieder an!«

Piper hob die Hand. »Besser nicht! Wir müssen einen klaren Kopf bewahren, damit wir rausfinden können, wer ...«

Sie konnte den Satz nicht beenden – und brauchte es auch nicht. Das Objekt ihrer Neugier stand bereits vor der Tür.

Der Aggressor!

Und diesmal machte er seinem Namen alle Ehre!

Er schoss in kaum vorstellbarer Geschwindigkeit in das Haus und prallte so heftig gegen Phoebe, dass diese gegen die Wand geschleudert wurde, wo sie ohnmächtig liegen blieb.

Piper war sofort an der Seite ihrer Schwester.

Paige übernahm den Gegner, der diesmal noch größer und stärker aussah als der erste.

Der Aggressor schlug knurrend zu. Doch Paiges neue Kräfte zahlten sich aus, es gelang ihr, sich immer wieder rechtzeitig wegzuducken. Die Fäuste des Bösewichts stießen in die Luft oder trafen die hinter Paige liegende Wand und zertrümmerten dort einige Backsteine. Es war der jungen Hexe klar, dass ein Treffer des Aggressors genügte, um sie außer Gefecht zu setzen.

Aber wie hieß es doch so schön? Angriff ist die beste Verteidigung!

Der Aggressor schlug wieder ins Leere, und Paige nutzte die offene Deckung, um ihm einen Kinnhaken zu verpassen.

Der Gegner taumelte zurück – direkt in den Fußtritt von Piper. Er wurde quer durch den Flur geschleudert, wo er auf einem Berberteppich landete.

Piper ging in Kampfstellung – Füße in T-Form, Fäuste nach oben.

Der Aggressor war schneller, als sie erwartet hatte. Er musste sich nicht umständlich aufrappeln, sondern sprang auf die Füße wie ein Klappmesser. Dann ging er wie eine Dampflok auf sie zu.

Phoebe riss ihre Schwester in letzter Sekunde aus der Gefahrenzone, und ihr Angreifer stolperte ins Leere.

Nun war Phoebe wieder am Zug. Mit einem beeindruckenden Roundhouse-Kick schickte sie den Gegner durch die Tür ins Nebenzimmer, wo er in einen schönen alten Schrank krachte.

Keine weitere Reaktion.

Die drei Schwestern atmeten erst einmal tief durch. Trotz ihrer neuen Superkräfte war dieser Kampf ganz schön anstrengend gewesen.

Vorsichtig lugten Paige, Piper und Phoebe durch die zertrümmerte Tür.

Da lag er – der Aggressor. Mit seiner aggressiven Kraft war es allerdings vorbei.

Durch seinen Brustkorb hatte sich ein Kerzenhalter gebohrt, der nun hässlich aus seinem Kostüm ragte.

Mühsam versuchte der Superheld, den Kopf zu heben. Er konnte gerade noch erkennen, was mit ihm geschehen war. Dann sah er die Schwestern an, und seine Lippen formten sich zu einem ›Danke‹.

Piper, Phoebe und Paige sahen sich verblüfft an.

Sie hatten schon viele Reaktionen von Dämonen erlebt, die von ihnen besiegt worden waren – aber ein Dankeswort war ganz was Neues.

Der Körper des Aggressors begann zu leuchten. Die Schwestern erwarteten, dass er sich nun auflöste, so wie es mit den meisten Dämonen geschah, doch stattdessen verwandelte sich die Gestalt, die auf dem Fußboden lag, plötzlich in einen Teenager!

13

Leo war nicht weniger überrascht als die Schwestern, als er neben Kevin auf dem Boden hockte. Zuerst einmal hatte er die Kostüme verdauen müssen, die die jungen Frauen trugen – sogar seine schwangere Frau! Und dann war da noch die Neuigkeit, dass der Aggressor in Wirklichkeit ein Halbwüchsiger war.

»Mach schon«, drängelte Paige. »Jetzt setze endlich deine Heilkräfte ein.«

»Nicht so schnell«, murmelte Leo skeptisch. »Woher wissen wir, dass er euch nicht sofort wieder angreifen wird, wenn ich ihn heile?«

»Er ist doch bloß ein Kind!«, rief Piper.

»Und Killer bedanken sich gewöhnlich nicht, wenn man sie besiegt«, setzte Phoebe hinzu.

»Er hat sich bedankt?«, fragte Leo ungläubig.

Piper nickte.

»Jetzt mach hin«, forderte Paige wieder.

Leo legte seine Hand auf Kevins Brustkorb. Ein warmes goldenes Licht flutete aus ihm heraus, und die Wunde schloss sich langsam.

Kaum drei Sekunden später öffnete Kevin die Augen. »Was ist passiert?«

»Bevor oder nachdem du versucht hast, uns umzubringen?«, fragte Piper spitz.

Kevin ließ den Kopf enttäuscht nach hinten fallen.

»Ich helfe dir auf«, murmelte Leo.

Als Kevin wieder auf seinen Beinen stand, fragte Paige: »Wie heißt du?«

»Kevin.«

»Nun, Kevin«, begann Piper, »du schuldest uns eine

Menge Erklärungen. Bist du für unsere Kostüme verantwortlich?«

Der Junge nickte. »Ich hatte gehofft, dass es euch gelingen würde, den Aggressor aufzuhalten.«

»Aber der Aggressor warst doch du«, wunderte sich Paige.

Kevin nickte wieder. Er wirkte wie am Boden zerstört.

»Wir hätten dich fast getötet«, bemerkte Phoebe.

»Hattest du es darauf angelegt?«, hakte Leo nach.

Kevin zuckte mit den Schultern. »Ich wusste nicht, was ich tun sollte. Ich wollte nicht, dass jemand zu Schaden kommt. Und nach unserem ersten Kampf dachte ich, es würde reichen, euch mit mehr Kräften zu zeichnen ...«

»Moment mal!«, unterbrach ihn Piper. »Was soll das heißen – ›uns mit mehr Kräften zu zeichnen‹?«

Kevin atmete tief ein. Es war die Stunde der Wahrheit. Irgendwie war er froh, sich diese Last endlich von der Seele reden zu können. »Solange ich denken kann, habe ich viel Fantasie gehabt – und ein großes Zeichentalent. Irgendwann gelang es mir dann, Zeichnungen Wirklichkeit werden zu lassen. So wie bei euch – den Powergirls!«

Die Halliwell-Hexen sahen sich an. Damit war zumindest geklärt, was das ›P‹ bedeutete.

»Ich habe nie jemandem davon erzählt«, fuhr Kevin fort. »Mir war klar, dass die Leute durchdrehen würden. Ich konnte es ja selbst kaum glauben.«

»*Traum-Schöpfung* – eine sehr seltene Gabe«, erklärte Leo. »Das bedeutet, dass er ein Hexer ist.«

»Warum wolltest du ein Superheld sein?«, fragte Phoebe, obwohl sie sich die Frage auch selbst beantworten konnte.

»Ich war es leid, immer gedemütigt zu werden«, erklärte Kevin. »Und dann kam Arnon. Er versprach, mir zu helfen – meine Kräfte zu fokussieren.«

»Arnon? Wer ist das denn?«, wollte Paige wissen.

Kevin blickte betreten zu Boden. »Jemand, dem ich besser nie begegnet wäre. Er hat mich benutzt und mir eingeredet, dass Ramus ein Bösewicht ist. Dabei wollte Arnon sich bloß seine Kräfte unter den Nagel reißen.«

Eine Art sphärisches Klingeln ertönte, und Leo legte den Kopf schief, als würde er intensiv zuhören.

»Das ist der *Rat der Ältesten*«, sagte er schließlich. »Sie wollen, dass ich Ramus wieder abhole.«

»Das ist keine gute Idee«, wandte Piper ein.

Leo hob hilflos die Schultern. »Es muss sein. Die Mondfinsternis beginnt gleich.«

»Aber Arnon wird versuchen, Ramus zu töten«, gab Piper zu bedenken.

»Ohne den Aggressor wird ihm das aber nicht gelingen«, bemerkte Paige.

»Das können wir hoffen, aber nicht wissen«, beharrte Piper. »Die Sache mit Ramus muss warten, bis wir Arnon gefunden haben.«

»Wie sollen wir das machen?«, fragte Phoebe.

»Ich weiß es!«, rief Kevin. »Arnon hat noch keine Ahnung, dass der Aggressor versagt hat. Ich muss nur zu seinem Versteck gehen, um ihn zu treffen.«

»Kommt nicht in Frage«, erklärte Paige. »Das ist viel zu gefährlich.«

»Nicht wirklich«, widersprach Kevin. »Mit euren Superkräften seid ihr ihm weit überlegen. Ihr könnt ihn locker schlagen. Das könnt ihr mir glauben – ich habe eure Kräfte schließlich erfunden.«

Dagegen war schwerlich zu argumentieren.

»Okay«, sagte Paige schließlich, »aber du musst genau tun, was wir dir sagen.«

»Versprochen«, nickte Kevin.

Glücklicherweise lag die Flugzeughalle am Rand des Flughafens. Das altersschwache Gitter war so durchgerostet, dass es sich problemlos beiseite schieben ließ.

Die Halliwell-Heldinnen standen mit Kevin zwanzig Meter vom Eingang der Halle entfernt.

»Da drüben?«, fragte Paige.

Kevin nickte. »Hinter der Tür liegt sein Versteck.«

»Kannst du was hören?«, flüsterte Phoebe.

Paige konzentrierte sich. »Ratten, tropfendes Wasser, Kakerlaken – genau wie in meinem alten Apartment. Von Arnon höre ich allerdings nichts.«

Jetzt konnten sie nur warten. Piper hoffte inständig, dass es kein Fehler gewesen war, den Jungen in die Abrechnung mit Arnon hineinzuziehen.

14

Diesmal landeten Ramus und Leo sicher in der Mitte des Wintergartens. Das Mitglied des *Rates* sah sich um. »Nun ja, diesmal hast du wenigstens nichts kaputtgemacht.«

»Wir sollten besser nach oben gehen, da sind wir sicherer«, sagte Leo und überhörte die Beleidigung einfach.

»Nein, hier ist es in Ordnung«, widersprach Ramus.

»Aber hier gibt es haufenweise Türen und Fenster«, erklärte Leo. »Wenn uns jemand angreift …«

»Wenn uns jemand angreift«, belehrte ihn Ramus, »wird dieser jemand bestimmt keine Türen oder Fenster brauchen. Entspann dich.«

Ramus setzte sich auf einen der Rattanstühle und schlug die Beine übereinander. »Niemand kann das ändern, was bestimmt ist zu geschehen.«

»Was soll das denn nun schon wieder heißen?«, rief Leo frustriert. »Was verheimlichen Sie vor mir?«

»Eine ganze Menge«, lachte Ramus. »Du weißt doch, dass es für alles einen Grund gibt. Auch für das Hier und Jetzt.«

»Wie zur Hölle soll ich Sie denn beschützen, wenn mir keiner sagt, was Sache ist?«, fluchte Leo, aber er fing sich gleich wieder. »Tut mir Leid.«

Ramus lächelte gütig. »Keine Entschuldigung erforderlich. Manchmal wäre es nicht schlecht, wenn du etwas mehr Durchsetzungskraft an den Tag legen würdest. Nur weil du ein Engel bist, musst du noch lange nicht immer nur den passiven Beobachter spielen.«

Das musste Leo erst einmal verarbeiten. Er setzte sich zu Ramus, der nun mehr preisgeben wollte: »Leo, mein

Schicksal ist bereits besiegelt, im Guten wie im Schlechten. Ich bin da, wo ich sein soll. Deshalb kann auch keiner von uns beiden etwas daran ändern. Aber vielleicht kann ich etwas für dich tun.«

»Und das wäre?«, fragte Leo unsicher.

»Ich gehöre zu dem *Rat der Ältesten*«, erläuterte Ramus. »Ich kann ein wenig in die Zukunft sehen, und wenn du es möchtest, werde ich dir einen Blick ermöglichen.«

»Ist das nicht ein Verstoß gegen die Regeln?«, wunderte sich Leo.

Ramus lächelte wieder. »Ich werde heute Abend in den Ruhestand treten – wie soll man mich da noch bestrafen? Du kannst mir nun eine Frage stellen. Aber nur eine.«

Leo biss sich auf die Unterlippe. Das war knifflig. Eigentlich brauchte man Jahre, um so ein Angebot gut zu durchdenken. Es war ja jedes Thema möglich – Weltfrieden, der Kampf Gut gegen Böse, sogar seine Ehe mit Piper.

Leo entschied sich für die Frage, die ihm momentan am meisten auf dem Herzen lag. Es war eine sehr private und sehr persönliche Frage.

»Wird unser Baby gesund sein?«

Ramus lächelte, als habe er diese Frage erwartet: »Ja, es wird gesund sein. Sehr gesund. Und mächtiger, als du es dir je vorstellen kannst.«

15

PHOEBE INSTRUIERTE KEVIN EIN LETZTES MAL: »Du gehst jetzt da rein, und dann rufst du Arnon. Aber sobald er erscheint, gibst du uns sofort Bescheid. Du machst keine Zicken, ist das klar? Wir holen dich da raus.«

Kevin nickte unsicher.

»Du brauchst nur einen Mucks von dir zu geben, und ich werde es hören«, versicherte Paige.

Kevin atmete tief ein. »Okay.«

»Du musst das nicht tun«, versicherte Piper zum wiederholten Mal.

»Ich will aber«, antwortete Kevin.

Dann ging er los, direkt auf die alte Lagerhalle zu.

In diesem Moment dröhnte ein Passagierflugzeug direkt über das Versteck der Halliwells. Paige zuckte zusammen, als habe ihr jemand mit einem Hammer auf den Schädel gehauen. Sie beugte sich vor und presste die Handflächen auf ihre Ohren.

»Alles okay?«, fragte Piper.

Aber Paige konnte es nicht hören. Im Moment hörte sie gar nichts mehr. Nur die Glocken von Notre Dame in ihrem Schädel.

Piper und Phoebe waren viel zu sehr mit ihrem Vorhaben beschäftigt, um sich genauer umzusehen. Denn sonst hätten sie Edward Miller entdeckt, der ihnen von zu Hause aus gefolgt war und nun in seinem Wagen zwanzig Meter entfernt hockte. In seiner Hand hielt er eine Videokamera mit Nachtfilter, durch deren Sucher er die drei Schwestern in ihren komischen Kostümen filmte.

Er war gespannt, was er heute Abend aufnehmen würde …

Vorsichtig öffnete Kevin die Tür zu der Lagerhalle. Obwohl er Angst hatte, war er auch erleichtert. Er spürte, dass er nun endlich auf der richtigen Seite stand, und dass er für das Gute kämpfte. Das hatte er immer gewollt.

»Arnon?!«, rief er unsicher.

Der Dämon war nicht zu sehen.

Aber plötzlich spürte Kevin die Hand auf seiner Schulter.

»Du hast mich reingelegt«, zischte Arnon von hinten in sein Ohr. Dann stieß er den Jungen zu einem Tisch, auf dem der aufgeschlagene Zeichenblock lag. Das Bild der drei Schwestern in den knappen Superhelden-Kostümen war zu sehen.

»Du kannst also Kräfte auch für andere zeichnen«, stellte Arnon klar. »Dann wird es Zeit, dass du welche für mich zeichnest!«

»Dieses verdammte Flugzeug«, fluchte Paige. »Ich habe nur noch ein Dröhnen in den Ohren.«

Sie hatten mittlerweile mehr als zehn Minuten gewartet, und nichts war geschehen.

»Vergiss es«, entschied Paige. »Wir müssen rein, so oder so.«

Die Schwestern zischten in Supergeschwindigkeit zu der Lagerhalle – nicht ahnend, dass Miller sie dabei auf Video aufnahm.

In der Halle fanden die jungen Frauen Kevin bewusstlos auf dem Boden liegend.

Während Piper seine Wangen tätschelte, widmete Paige ihre Aufmerksamkeit dem Zeichenblock. Auf dem obersten Blatt war eine männliche, sehr düstere Superhelden-Gestalt zu sehen. »Was ist das denn – ein neuer Aggressor?«

»So ist es«, kam es laut knurrend von der anderen Seite der Lagerhalle.

Die drei Hexen wirbelten herum.

Da war er – die Alptraum-Variante des ersten Aggressors. Noch stärker, noch größer – noch unbesiegbarer.

Er machte keine Anstalten, die Zauberhaften anzugreifen. Stattdessen hielt er lediglich ein Blatt Papier hoch. Das Blatt, auf dem Kevin den Frauen ihre Kostüme gezeichnet hatte.

Genießerisch zerriss er das Blatt der Länge nach.

Der Effekt war augenblicklich spürbar.

Aus den Halliwell-Heldinnen wurden wieder die Halliwell-Hexen.

Paige sah an sich herunter. »Oh, oh ...«

Mehr bekam sie nicht heraus, bevor ein mächtiger Schlag des Aggressors alle drei Schwestern so hart erwischte, dass sie durch eines der vernagelten Fenster aus der Halle katapultiert wurden.

Sie schlugen hart auf den Betonboden auf. Die blauen Flecken und Kratzer würden Monate vorhalten – wenn Leo ihnen nicht helfen würde.

»Alle noch unter den Lebenden?«, fragte Paige.

»Gerade so«, ächzte Phoebe.

»Ohhh, Mann«, stöhnte Piper.

»Keine Beschwerden«, knurrte Paige. »Du wolltest mehr Action haben.«

»Das nehme ich zurück«, sagte Piper.

»Wenigstens hast du ein Baby im Bauch, das deine Wunden heilen kann«, bemerkte Paige, während sie sich aufrappelte.

Das stimmte. Sie hatten schon festgestellt, dass der Nachwuchs sogar im ungeborenen Zustand in der Lage war, seine Mutter zu schützen.

Piper fasste sich an den Kopf. »Für Wunden klappt das prima, aber die Schmerzen spüre ich trotzdem.«

Jetzt kam Kevin durch die Tür nach draußen gestolpert.

Er war sichtlich erleichtert, als er sah, dass es den Halliwells den Umständen entsprechend gut ging.

»Es tut mir so Leid«, begann er, »aber Arnon hat mich dazu gezwungen!«

»Keine Sorge«, antwortete Paige, »wir sind dir nicht böse. Hauptsache, dir ist nichts passiert.«

»Was ist, wenn Arnon zurückkommt, damit ich ihm noch mehr Kräfte zeichne?«, wollte Kevin wissen.

Phoebe rieb sich die schmerzende Schulter. »Die wird er nicht brauchen, wenn es ihm gelingt, Ramus zu besiegen.«

»Wie sollen wir ihn denn nun aufhalten?«, fragte Paige. »Wir haben ja keine Superkräfte mehr.«

»Ich könnte euch noch einmal zeichnen«, bot Kevin an.

Piper schüttelte den Kopf. »Das dauert zu lange. Er wird Ramus jeden Augenblick angreifen.«

»Was sollen wir denn dann tun?«, hakte Paige nach.

»Unsere Hexenkräfte einsetzen, wie sonst auch«, erklärte Piper.

Kevin schüttelte den Kopf. »Ihr habt meinen Aggressor nicht damit aufhalten können – und Arnons Version ist ungleich stärker.«

»Dann werden wir die Zeichnung zerreißen und ihn wieder in seine armselige dämonische Urgestalt verwandeln«, versuchte es Piper mit einer neuen Idee.

Wieder schüttelte der Junge den Kopf. Er hasste es, sie zu enttäuschen. »Keine Chance. Arnon hat die Zeichnung mitgenommen.«

Die jungen Hexen sahen einander an.

Das war schwieriger als erwartet.

Sie brauchten einen Plan.

16

»NUN ENTSPANN DICH ENDLICH«, forderte Ramus von Leo, der wie ein Tiger im Käfig immer hin und her lief. »Du machst mich nervös.«

»Irgendwas ist nicht in Ordnung!«, erklärte Leo. »Ich kann es spüren!«

»Ich habe dir bereits erklärt, dass deine Arbeit getan ist«, sagte Ramus. »Nun ist es an deinen Schützlingen, sich zu beweisen.«

»Aber warum dauert das so lange? Sie sollten schon längst wieder zu Hause sein!« Leo wurde sichtlich verzweifelt.

»Sie werden kommen«, versicherte Ramus. »Aber es wird zu spät sein.«

Leo schüttelte den Kopf. Er hatte genug von den Voraussagungen und bösen Omen. »Ich bringe Sie wieder nach oben.«

Er wollte das Mitglied des *Rates* an der Schulter fassen, doch Ramus zuckte plötzlich zusammen.

»Was ist?«, fragte Leo, dem Böses schwante.

»Es wird sehr wehtun«, flüsterte Ramus vage.

In diesem Augenblick krachte die Haustür auf und eine mutierte Version des Aggressors stürzte wie ein Berserker herein. Wortlos schoss er ins Wohnzimmer und verpasste Leo einen Schlag, der ihn in einem hohen Bogen auf den Esstisch warf.

Ramus hatte Recht gehabt – es tat weh.

Der Aggressor wandte sich nun seinem eigentlichen Ziel zu – dem Mitglied des *Rates*. »Es ist einfacher, an deine Kräfte zu kommen, als ich gedacht hatte, alter Mann.«

Ramus lächelte und breitete die Arme aus. »Genieße sie, solange du sie hast.«

Das ließ sich der Aggressor nicht zweimal sagen. Er stieß seine Faust gegen Ramus' Brust. Ein blaues Leuchten umfing den alten Mann und floss in den Arm seines Feindes.

In wenigen Sekunden waren die Energie und die Macht von Ramus auf den Aggressor, und damit auf Arnon, übergegangen.

Trotzdem lächelte Ramus, als sein Körper sich aufzulösen begann.

Alles war vorherbestimmt gewesen.

Es war gekommen, wie er es vorhergesehen hatte.

Der Aggressor atmete tief ein. Er fühlte die neuen Kräfte in sich anschwellen.

Es war fast zu einfach gewesen.

Kaum hatte Arnon die Macht erlangt, als die Halliwell-Hexen und Kevin in einem blauen Funkenregen auftauchten.

»Ihr seid zu spät«, höhnte der Bösewicht. »Ramus ist tot.«

Piper sah sich um und entdeckte den leblosen Körper ihres Mannes: »Leo!«

Phoebe gab ihrer Schwester derweil das abgesprochene Kommando: »Paige, jetzt!«

Die junge Hexe streckte ihre Hand vor und konzentrierte sich: »Stiefel!«

In einem Herzschlag löste sich der Stiefel an des Aggressors linkem Bein auf und erschien in Paiges Hand. Der Dämon stolperte nach hinten.

»Ich meinte den rechten Stiefel!«, rief Kevin nervös.

Stimmt, das hatte er gesagt, erinnerte sich Paige. Sie warf den linken weg und streckte die Hand erneut vor: »Rechter Stiefel!«

Nun materialisierte der andere Stiefel in ihrer Hand.

Der Aggressor hatte durch den plötzlichen Verlust seiner Fußbekleidung das Gleichgewicht verloren und saß auf dem Boden. Er war zu überrascht, um zu verstehen, was da vor sich ging.

Blitzschnell packte Paige in den Stiefel, und zog ein Blatt Papier hervor – es war die Zeichnung, die Kevin von dem neuen Aggressor angefertigt hatte!

Der Dämon kam nun wieder auf die Füße und stampfte auf die Schwestern zu.

Es gelang Paige, das Blatt mit einem Ruck zu zerreißen, bevor ihr Gegner angreifen konnte.

Im gleichen Moment löste sich der Aggressor auf – und Arnon blieb zurück.

Der Dämon sah überrascht an sich herunter.

Das hatte er nicht eingeplant.

Als kleiner Höllendiener war er den Kräften der Zauberhaften nun wirklich nicht gewachsen – Ramus' Kräfte hin oder her.

»Blöd, wenn das passiert, nicht wahr?«, höhnte Phoebe, die über die armselige Gestalt Arnons lachen musste.

»Zu deinen neuen Kräften dürfte ja auch der Blick in die Zukunft gehören«, sagte Paige genüsslich. »Was siehst du?«

Piper, die sich überzeugt hatte, dass ihr Mann wieder auf dem Weg der Besserung war, trat hinzu. »Es wird wehtun, richtig? Und zwar ordentlich.«

Arnon riss die Augen auf, und sein Mund öffnete sich zu einem Schrei des Entsetzens, aber dazu kam es nicht mehr. Piper wedelte kurz mit der Hand, und alle Materie in und um Arnon wurde so sehr in Vibration versetzt, dass es den Dämon förmlich in Stücke riss. Schwarze Brösel stiegen in einem Wirbel zur Zimmerdecke, bevor sie sich auflösten.

Damit war diese Nervensäge endgültig erledigt.

Aber etwas blieb zurück.

Ein blauer Schimmer.

Die Schwestern hatten eine ziemlich genaue Vorstellung davon, was es war.

Es war Ramus.
Oder zumindest seine Lebenskraft.
Sie suchte einen neuen Körper.
Und sie fand ihn.
In Kevin!

Wie eine schimmernde Decke senkte sich das Licht auf seinen Körper und drang in ihn ein.

Der Junge betastete unsicher seinen Oberkörper: »Was war das denn?«

Phoebe staunte. »Sieht ganz so aus, als hätte Ramus doch noch einen Nachfolger gefunden.«

»Aber er ist doch erst dreizehn!«, protestierte Paige. »Wie kann er da schon zum *Rat der Ältesten* gehören?«

»Ein Mitglied zu werden, ist keine Frage des Alters«, erklärte Leo. »Es ist wie bei Königen – auch Kinder können in die Aufgabe hineinwachsen.«

»Das kapiere ich nicht«, sagte Kevin. »Was bedeutet das?«

»Zuerst einmal bedeutet es, dass niemand mehr auf dir rumtrampeln wird«, flüsterte Phoebe und legte dem Jungen beruhigend die Hand auf die Schulter.

Kevin dachte einen Moment lang darüber nach.

Der Gedanke gefiel ihm – sehr sogar.

17

Cole schloss sein Büro ab. Es war ein langer, harter Tag gewesen. Mit Magie wäre vieles leichter gewesen, aber er hatte vor, sein Versprechen, das er Phoebe gegeben hatte, zu halten.

Keine Magie mehr.

Als er durch den Gang zum Aufzug ging, ertönte hinter ihm eine bissige Stimme: »Sind Sie Cole Turner?«

»Ja. Wer will das wissen?«

Eine Bulldogge in einem billigen Sakko trat auf ihn zu. »Ich bin Edward Miller. Aber Sie können mich Ed nennen.«

»Wir haben uns nichts zu sagen«, beschied Cole dem Mann und drehte sich wieder um.

Miller folgte ihm. »Das sehe ich anders. Wir teilen ein Geheimnis – es geht um ihre kleine Ehefrau.«

Cole antwortete nicht. Er blieb vor dem Aufzugsschacht stehen und drückte den Knopf.

»Es gibt eine Art, in der nur Eheleute miteinander sprechen. So eine Art Vertrautheit«, führte Miller aus. »Das kann man genau hören – selbst wenn man kopfüber hängt.«

Es klingelte und die Türen des Aufzugs öffneten sich. Cole trat in die Kabine. »Ich weiß nicht, wovon Sie reden.«

Miller hielt seine rechte Hand vor die Lichtschranke und zeigte Cole ein Videoband mit der linken. »Das dürfte Ihrem Gedächtnis auf die Sprünge helfen. Vielleicht sollten wir uns einen etwas privateren Ort suchen, um die Sache zu besprechen?!«

Innerlich fluchte Cole. Bisher hatte er geglaubt, dass Miller nur einen Verdacht hatte. Dann hätte Aussage gegen

Aussage gestanden. Aber ein Video konnte als Beweismittel gelten.

Und es konnte ihn und Phoebe zu Grunde richten.

Im *P3* war endlich mal wieder richtig der Bär los. Die DJane, die Piper im *Tomahawk* gesehen hatte, legte auf. Und plötzlich war auch wieder das Szene-Publikum im Haus. Wie zu den besten Zeiten.

Paige kicherte, als Dave sie vor sich herschob. Sie blieb erst stehen, als sie ein Pärchen auf dem Sofa knutschen sah. »Nehmt euch ein Zimmer!«

Es war keine Überraschung für sie, dass sich das Pärchen als Leo und Piper herausstellte.

»Sehr witzig«, gab Piper zurück, als sie endlich die Finger von ihrem Ehemann ließ.

»Wie geht's, Dave?«, fragte Leo.

Der gut aussehende Australier drückte dem Wächter des Lichts die Hand. »Spitze.«

Er legte stolz den Arm um Paige.

Piper musste grinsen. »Oh, schau an.«

Sie scheuchte ihren Mann mit einer Handbewegung auf. »Warum holen die Jungs den Mädels nicht mal was zu trinken?«

Die beiden Männer trollten sich pflichtbewusst davon.

Paige setzte sich neben ihre Halbschwester. »Da hab ich wieder etwas gelernt. Du hast es immer noch drauf.«

Piper nickte nachdenklich. »Stimmt. Aber mir ist es gar nicht mehr so wichtig, immer zu gewinnen. Und auch die Dämonenjagd kommt jetzt erst an zweiter Stelle.«

Sie streichelte ihren Bauch, und Paige wusste genau, was sie meinte.

»Und? Wie sieht es bei dir und Dave aus?«, bohrte Piper nach.

Paige sah theatralisch zur Decke und wurde sogar ein

bisschen rot. »Besser. Sehr viel besser. Wurde aber auch Zeit – ich dachte schon daran, ins Kloster zu gehen.«

»Das pinkfarbene Leder hat dir den Kick gegeben«, lachte Piper.

Paige blieb ernst. »Das ist gar nicht so falsch. Weißt du, die Kraft einer Superheldin war wirklich stimulierend und diese nächtliche Raserei durch die Stadt hat mir tatsächlich ein Gefühl von Freiheit gegeben.«

Piper wusste nur zu gut, was sie damit meinte.

»Dadurch habe ich den Mut gefunden, die Sache mit Dave etwas lockerer zu sehen. Wenn er der Richtige ist, wird sich alles Weitere von selbst ergeben. Dann kann ich ihm unser Geheimnis immer noch verraten.«

»Das wird vielleicht nicht nötig sein«, sagte Phoebe, die plötzlich auf der Bildfläche erschien. Ihr Gesicht war von Sorgenfalten gezeichnet.

»Was ist los?«, wollte Paige wissen.

Phoebe versuchte, ruhig zu bleiben. »Dieser miese Drecksack Edward Miller will ein Treffen mit mir und Cole. Er sagte was von einem Video, auf dem Coles Ex-Frau als Superheldin zu sehen sei.«

»Oh, nein«, flüsterte Piper.

Dabei hatte es so ausgesehen, als würde ihnen diesmal das dicke Ende erspart bleiben.

So konnte man sich irren.

18

Es gab keinen Zweifel – auf dem Band waren die Halliwells klar erkennbar, samt Kostüm und Superkräften.

Grinsend zog Miller die Kassette aus dem Videorekorder, der in Coles Wohnzimmer stand.

»Was wollen Sie?«, fragte Cole.

Miller ließ es langsam angehen. »Zuerst einmal will ich, dass Ihre Frau nie wieder in meinen Angelegenheiten rumschnüffelt.«

Cole nickte. Das war machbar, aber er bezweifelte, dass Miller damit zufrieden sein würde. Typen wie er lebten von ihrer Gier.

Und das bestätigte sich sogleich. »Und fünfzigtausend Dollar – monatlich. Wenn ihre Frau das Geld nicht hat, kann sie es besorgen. Mit dem Kostüm dürfte das ja kein Problem sein.«

»Sie hat das Kostüm nicht mehr«, antwortete Cole und unterdrückte nur mühsam seine Wut.

Miller hielt demonstrativ das Band hoch. »Dann sollte sie es wiederfinden. Und das hier ist übrigens nur eine Kopie – also machen Sie keine Dummheiten.«

Cole nickte. »Ich werde schon das Original bekommen.«

Miller wurde etwas unsicher. Cole Turner schien nicht sehr eingeschüchtert zu sein: »Wie wollen Sie das anstellen?«

Cole gab sich lässig: »Ich habe auch ein paar Kräfte. Ich versuche aber, sie nicht zu benutzen. Doch Sie machen es mir schwer, Miller.«

Der Miethai drehte sich um und ging in Richtung Aufzugstür, um Coles Wohnung so schnell wie möglich zu verlassen. »Wie es aussieht, werde ich das Band wohl besser an den Meistbietenden verhökern.«

»Das werde ich nicht zulassen«, sagte Cole tonlos.

»Versuchen Sie mal, mich aufzuhalten«, knurrte Miller, während er weiterging.

Er konnte Coles dezente Handbewegung nicht sehen.

Und auch nicht die Flammen, die auf einmal seinen Rücken hinaufzüngelten.

Als er die Hitze spürte, war es bereits zu spät.

In weniger als drei Sekunden verbrannte die verdammenswerte Existenz von Edward Miller samt dem kompromittierenden Video.

Cole atmete durch.

Er hatte das nicht gewollt. Aber er hatte keine andere Möglichkeit gesehen.

In diesem Moment ertönte die Glocke des Aufzugs, und die Türen öffneten sich.

Es war Phoebe.

»Ist er hier?«, fragte sie.

»Wer?«, gab Cole zurück.

»Miller!«

Phoebe fragte sich, ob ihr Ex-Mann nun schon wieder ein Spiel mit ihr spielte.

»Ach ja, Miller«, stammelte Cole. »Hat sich erledigt.«

Phoebe ging langsam einen Schritt zurück. Alle Farbe wich aus ihrem Gesicht. »Was meinst du damit?«

»Phoebe, er hätte dich auffliegen lassen!«, versuchte Cole, das Unerklärbare doch noch zu erklären.

Sie schlug mit der flachen Hand gegen den Aufzugknopf. Sie wollte so schnell wie möglich wieder hier weg.

Wie hatte sie auch nur so dumm sein können?

Wie hatte sie nur für den Bruchteil einer Sekunde annehmen können, Cole hätte sich geändert?

»Was hätte ich denn tun sollen?«, flehte Cole.

Sie betrat die Kabine ohne ein Wort.

»Phoebe!«, rief er ein letztes Mal.

Die Türen schlossen sich.
Sie trennten Phoebe und Cole.
Und mehr als das.

Folge deinen Träumen

1

PIPER UND LEO LAGEN genüsslich faul auf dem weichen Sofa im Wohnzimmer. Vor ihnen stand eine leere Schüssel Popcorn.

Es war ein wunderschöner Abend gewesen – einer der Kabelsender hatte ›Leoparden küsst man nicht‹ wiederholt, Phoebe und Paige waren erst spät heimgekommen, und dämonische Übergriffe hatte es auch keine gegeben.

Leo streckte sich. Er trug ein altes Sweatshirt und eine Jogginghose. »Ich glaube, ich gehe nach oben.«

Es knisterte, als sein Arm an Pipers hellblauem Seidenpyjama rieb.

Die junge Hexe sah ihren Mann aufmunternd an. »Willst du vielleicht etwas – Gesellschaft?«

Es war eine ganze Weile her, dass sie mit Leo den Matratzentango getanzt hatte.

»Ich bin wirklich müde«, erwiderte Leo, und er klang ehrlich, »ich brauche wahrscheinlich bloß eine Mütze voll Schlaf.«

Piper nickte und bemühte sich, nicht enttäuscht auszusehen.

Leo beugte sich zu ihr.

Sie spitzte die Lippen.

Er kam näher.

Sie schloss die Augen.

Doch er beugte sich hinunter und streichelte sanft ihr Bäuchlein: »Gute Nacht, mein Engel.«

Damit stand er auf und verließ das Wohnzimmer.

Er sah nicht, dass Piper nun wirklich enttäuscht war – obwohl es sich deutlich auf ihrem Gesicht widerspiegelte.

Es ging immer nur um das Baby!

Baby hier, Baby da!

Nicht nur Leo – auch ihre Schwestern machten sich mehr Gedanken über das Baby als über alles andere.

Natürlich war sie überglücklich, schwanger zu sein – aber was war mit ihr? Galt sie nichts mehr? Was war mit ihren Gefühlen, ihren Bedürfnissen?

»Ich würde dich nie so sitzen lassen«, ertönte plötzlich eine Stimme.

Sie kam aus dem Nebenzimmer.

Piper drehte sich überrascht um. Durch den Türbogen konnte sie ihn sehen.

Ryder!

Er stand inmitten einem Meer aus strahlenden Kerzen, den athletischen Körper in einen maßgeschneiderten Smoking gehüllt und das lackschwarze Haar wellig nach hinten gekämmt. Seine gebräunte Haut war so makellos wie sein Lächeln.

Saxophonmusik begann leise zu spielen.

»Was tust du hier?«, flüsterte Piper atemlos. Sie stand auf.

Ryder kam lässig ein paar Schritte auf sie zu. »Ich werde dich verführen.«

Er wollte sie in seine Arme nehmen, doch Piper stieß ihn sanft zurück. »Das ... das geht nicht.«

Sie sah an sich herunter.

Das war doch total verrückt!

Sie stand hier im Schlafanzug, und ihr gegenüber wartete ein aufgestylter Playboy.

Ryder lächelte charmant. »Alles geht.«

Ein goldenes Zittern durchlief den Raum, und als Piper noch einmal ihren Aufzug begutachtete, hatte sie plötzlich ein scharlachrotes Abendkleid an.

Ihre Haare waren frisiert und ihr Gesicht perfekt geschminkt. An ihren Ohren baumelten Brillant-Ohrringe.

Was noch erstaunlicher war – sie war nicht schwanger! Von ihrem Bäuchlein war nichts mehr zu sehen!

Ryder nahm sie jetzt in den Arm.

»Nein«, sagte sie schwach, »das darf nicht sein. Ich bin verheiratet.«

»Nicht in deinen Träumen«, flüsterte Ryder und küsste zärtlich ihren Nacken.

Piper schmolz dahin.

Sie schloss die Augen.

2

LEO KONNTE NICHT SEHEN, wie seine Frau im Schlaf lächelte. Er war ebenfalls im Land der Träume. Seine Hand lag an ihrem Rücken. In dem großen Ehebett brauchte er das Gefühl, Piper immer in seiner Nähe zu spüren.

Aber es gab jemanden, der Pipers Ausflug in die kitschige Seifenopern-Romanze beobachtete.

Es war der Sandmann.

Oder besser gesagt – ein Sandmann.

Denn es gab unendlich viele, und sie waren jeweils einem Menschen zugeteilt. Im Gegensatz zu den Erzählungen waren sie keine kleinen Gnome mit spitzen Mützen, sondern ältere Männer in Tuniken, die mit einem kleinen Beutel voll Staub herumzogen und die Träume in den Schlaf ihrer Schützlinge einflochten.

Der Sandmann bemerkte Pipers feines Lächeln. Er wusste sehr gut, was sie träumte.

Schon seltsam diese Menschen, dachte er.

An einem anderen Tag, oder in einer anderen Nacht, hätte er sich darüber amüsiert.

Aber es war eine dunkle Zeit, und er hatte andere Probleme.

Langsam trat er von Piper weg und umrundete das Bett, bis er neben Leo stand. Er griff in seinen kleinen Lederbeutel und holte eine Prise Traumstaub heraus. Diese ließ er auf den träumenden Wächter des Lichts rieseln.

Er hatte keine Angst, entdeckt zu werden. Schließlich existierten Sandmänner nur auf einer Ebene, die weder Sterbliche noch Dämonen sehen konnten.

Leo zog ein bisschen die Nase hoch, als der Traumstaub sie berührte.

Dann begann auch er zu träumen.

Es war, als wäre die Wirklichkeit verzerrt. Und sie schien farbloser zu sein, als er sie in Erinnerung hatte, irgendwie verwaschen.

Aber Leo nahm das nur unbewusst wahr. Er war überzeugt, wach zu sein und sich in der Realität zu befinden.

Er ging vorsichtig die Treppe des Halliwell-Hauses hinunter, das Baby auf dem Arm.

Sein Baby!

Er war so unglaublich stolz auf die Kleine.

Und er würde nie zulassen, dass ihr etwas passierte.

Er stutzte nicht und hatte auch keine Erinnerung daran, dass das Kind noch nicht einmal geboren war.

Leo sah das süße kleine Mädchen an. Doch plötzlich löste sich das Baby in seinen Armen auf!

Er wollte schreien, doch kein Laut drang aus seinem Mund. Um ihn herum war Stille. Das ganze Haus war verlassen und leer.

Der Sandmann schüttelte langsam den Kopf. Es war immer wieder verblüffend, welche Ängste und Sorgen die Menschen in ihren Träumen verarbeiteten. Dabei war dieser hier nicht einmal ein Mensch.

Er drehte sich um und wanderte direkt durch die Wand in das Nebenzimmer. Als Sandmann konnten ihn keine Hindernisse der Erdenwelt zurückhalten.

Die junge Frau atmete ruhig und flach. Unter einer dünnen Baumwolldecke zeichneten sich die Konturen ihres schönen Körpers ab. Ihr rotes Haar hatte sie mit einem Gummibändchen gebändigt, und auf ihren vollen Lippen glänzte eine Feuchtigkeitscreme.

Der Sandmann nahm wieder ein wenig Staub und ließ ihn auf sie hinabregnen.

Paige Halliwell räusperte sich, als müsse sie niesen.

Dann begann ihr Traum.

3

DIE SZENE SPIELTE IM *P3*. Es war voll, doch die Gäste waren nicht zum Tanzen gekommen. Viele junge Frauen standen mit Geschenken um eine riesige Kinderwiege.

Der Saal war hell erleuchtet, und Girlanden hingen an der Decke.

Aus der Wiege war ein zufriedenes Glucksen zu hören.

Paige stand inmitten der Frauen. Sie schienen ihr bekannt, aber irgendwie konnte sie den Gesichtern keine Namen zuordnen.

Paige hielt als Einzige kein Geschenk in der Hand. Stattdessen trug sie Slappy mit sich herum, ihre geliebte Clownspuppe. Slappy war nicht gerade ein Ausbund an Schönheit, aber Paige liebte sie.

Sie sah die Wiege an.

Das musste wohl Pipers und Leos Tochter sein.

Auf einmal ließen alle Frauen wortlos die Geschenke fallen und wandten sich dem Ausgang zu.

»Wartet!«, rief Paige verzweifelt. »Ihr habt das Kind doch noch gar nicht gesehen!«

Niemand hörte auf sie. Wenige Sekunden später war sie allein.

Aus der Wiege drang ein weinerliches Geschrei.

Vorsichtig trat Paige einen Schritt darauf zu.

»Was hast du erwartet?«, zischte plötzlich eine zynische Stimme.

Sie kam nicht aus der Wiege.

Sie kam von Slappy!

Paige hielt erstaunt die Puppe mit dem gelben Haarkranz und dem weißen Gesicht hoch.

»Niemand interessiert sich für das Kind«, kicherte der Clown böse ...

Paige wälzte sich unruhig in ihrem Bett hin und her. Der Traum machte ihr sichtlich zu schaffen.

Sie tat dem Sandmann Leid. Aber er hatte keinen Einfluss auf die Träume. Er löste sie nur aus. Es lag an den Menschen selbst, was sie zu verarbeiten hatten.

Er wandte sich ab.

Es gab ja noch eine weitere Schwester – Phoebe. Sie hatte in letzter Zeit öfter einen Alptraum gehabt – immer wieder denselben.

Einen Moment lang zögerte der Sandmann, bevor er ihr den Traumstaub über das friedlich ruhende Gesicht rieseln ließ. Er wünschte sich, ihr einen schönen Traum zu schenken, aber das war unmöglich.

Im Gegenteil, was er beabsichtigte, würde den Traum vermutlich nur noch schlimmer machen.

Phoebe träumte immer in schwarzweiß. Sie wusste, dass das bei allen Menschen verschieden war. Manche Leute träumten ohne Geräusche, andere hatten das volle Technicolor-Surround-Erlebnis.

Obwohl ihr nicht klar war, dass sie träumte, schien sich etwas in ihrem Unterbewusstsein bemerkbar zu machen, als sie die Treppe zum Keller des Halliwell-Hauses hinabstieg. Wie gewöhnlich kam ihr das Umfeld normal vor. Sie stellte sich auch nicht die Frage, warum sie in den Keller wollte.

Trotzdem war da dieser nagende Zweifel, dieses Gefühl, die kommenden Ereignisse schon einmal erlebt zu haben. Und es waren keine angenehmen Ereignisse.

Wenigstens waren ihre Klamotten cool. Sie trug einen weißen Strick-Pullover, der kurioserweise bauchfrei war, und dazu eine Hüftjeans, deren oberer Teil mit bunten Applikationen verziert war. Zumindest glaubte Phoebe, dass sie bunt waren – ihr Traum war es ja nicht.

Es roch muffig im Keller. Aber konnte man im Traum Gerüche wahrnehmen? In diesem anscheinend schon.

Eine einzelne Glühbirne tauchte die Szenerie in düsteres Licht. Phoebe hätte schwören können, dass Leo vor Jahren hier eine ordentliche Lampe angebracht hatte.

Was sollte das alles?

Sie drehte sich unsicher im Kreis.

Nichts war zu sehen.

Aber zu hören – mit einem schwungvollen Knattern jaulte hinter ihr eine Kettensäge auf.

Phoebe schnellte herum.

Da war er wieder – der Typ mit der Maske und der Kettensäge.

Er kam auf sie zu, das Mordwerkzeug hin und her schwingend.

Phoebe rannte los.

Doch nicht durch den Keller.

Plötzlich stand sie in einem Wald.

Sie spürte Erde unter ihren Füßen. Am klaren Nachthimmel strahlte der Vollmond, und überall sah sie verkrüppelte Baumreste. Sie war völlig verwirrt. Wo befand sie sich nur? Nichts kam ihr hier bekannt vor. Alles erinnerte bloß an ein surreales Dali-Gemälde.

Ein paar Meter vor ihr stand ein kleiner alter Mann in einer langen Tunika. Er sah sie verzweifelt an.

Ein anderer Mann trat in die Lichtung. Trotz seiner menschlichen Gestalt war Phoebe sicher, dass es sich um einen Dämon handelte. Mit so etwas hatte sie Erfahrung. Er trug einen schwarzen Mantel, und seine wilde Mähne hatte er mühsam mit einem Lederband zu einem Pferdeschwanz gebunden.

Er hob die Hand und Blitze zuckten daraus hervor.

Sie galten nicht Phoebe – sondern dem alten Mann in der Tunika.

Schreiend brach dieser zusammen.

Und Phoebe schreckte aus ihrem Traum auf. Ihr ganzer Körper war in Schweiß gebadet.

4

Zuerst brauchte sie eine Sekunde, um sich zu sammeln. Der Traum war noch so präsent, dass sie sich die Tatsache, gerade in ihrem Bett aufgewacht zu sein, mit aller Macht ins Gedächtnis zurückrufen musste.

Sie atmete tief durch und wischte sich mit dem Pyjamaärmel über die schweißnasse Stirn.

Dann sah sie ihn.

Es war der alte Mann aus dem Traum.

Er stand an ihrem Bett.

Und seine Gestalt war von einem Lichtkranz umgeben.

»Hilf mir«, flüsterte er.

Phoebe kniff die Augen zusammen.

Das musste ein Traum sein.

»Dies ist kein Traum«, sagte die Erscheinung.

Dann löste sie sich auf.

Paige streckte sich, aber es war unmöglich. Sie kam einfach nicht an den Deckenbalken heran, an dem sie die Krepp-Girlande festmachen wollten. Die Leiter war zu kurz.

»Leo, kannst du mir gerade mal helfen?«, fragte sie ihren Schwager, der an einer Kommode herumwerkelte.

»Geht nicht«, nuschelte dieser. »Ich habe alle Hände voll zu tun.«

»Die Baby-Party ist in zwei Tagen, aber erst in frühestens einem Jahr wird das Kind die Schubladen aufmachen können«, verteidigte Paige die Priorität ihrer Aufgabe.

Leo sah mit dem Schraubenzieher in der Hand zu Paige hoch. »Erklär das mal Tante Phoebe. Sie hat mir ein Buch mit dem Titel ›Tausend unerwartete Gefahren für das

Baby‹ in die Hand gedrückt. Ungesicherte Schubladen sind Gefahr vierunddreißig.«

»Dann habe ich keine andere Wahl«, verkündete Paige schmollend und streckte die Hand aus. »Hammer.«

Augenblicklich materialisierte ein Hammer in ihrer Hand, mit dem sie versuchen wollte, die Girlande an die Decke zu zimmern.

»Magie für den persönlichen Vorteil«, murmelte Leo warnend.

»Ist nicht für mich, ist für meine Nichte«, widersprach Paige triumphierend.

Sie gab es trotzdem auf und stieg die Leiter hinab.

Der große Wintergarten hatte sich in einen gefährlichen Dschungel verwandelt – ungefähr hundert Girlanden waren kreuz und quer durch den Raum gezogen, mehrere Dutzend riesige Luftballon-Tiere schwebten herum, und selbst die Stühle waren mit buntem Krepp umwickelt. Ein Kindergarten hätte nicht fetziger sein können.

»Ich scheine sowieso die Einzige zu sein, die sich für die Baby-Party interessiert«, nörgelte Paige.

»Das stimmt nicht«, entgegnete Leo. »Phoebe freut sich auch schon. Sie hat nur gerade andere Sachen im Kopf.«

»So könnte man das sagen«, knurrte Paige. »Sachen wie Paranoia und Verfolgungswahn.«

»Jetzt übertreibst du aber«, ermahnte Leo, auch wenn ihm klar war, dass Paige gar nicht so falsch lag.

»Ach, ja?«, fragte die junge Hexe. »Gestern ist mir ein Ballon geplatzt, und Phoebe kam mit einem Bannspruch die Treppe heruntergestürzt. Sie hätte fast meinen armen Slappy in die Luft gejagt.«

Sie griff sich ihren Clown und drückte ihn an sich.

»Es ist vermutlich dieser Alptraum, der ihr zu schaffen macht«, gab Leo zu bedenken.

»Wieso hat sie überhaupt Alpträume?«, wollte Paige wissen. »Jetzt, wo mit Cole endgültig Schluss ist, kann sie doch endlich beruhigt durchschlafen.«

»Das sollte man meinen«, bestätigte Leo.

»Wenn ich mich von meinen Träumen beeinflussen ließe, käme ich nicht mehr aus meinem Bett«, verkündete Paige. »Und dann wäre es Essig mit dieser exzellenten Party-Dekoration.«

Sie sah sich selbstzufrieden um.

»Du hast auch Alpträume?«, fragte Leo überrascht. Als Wächter des Lichts war er der Beschützer der Zauberhaften und wollte natürlich, dass es ihnen gut ging.

Paige winkte ab. »Es ist nur dieser seltsame Traum, wo ich im *P3* bei einer Baby-Party bin – und alle Leute plötzlich verschwinden.«

Leo schraubte weiter an einer Schublade herum. »Sieht aus, als hätten wir beide nur das Kind im Kopf.«

»Wo ist der Mann meiner Träume?«, kam es plötzlich lautstark aus der Diele. Piper rauschte herein und war sichtlich guter Laune.

»Hey«, grinste Leo und gab seiner Frau einen Kuss. Dann wandte er sich sofort wieder ihrem Bauch zu. »Und wie geht es unserem Engel?«

Piper war sichtlich genervt, dass sie weniger Aufmerksamkeit bekam als ihr Bauch. »Beth Orton spielt heute Abend im Club, ich mache mich wohl besser auf den Weg.«

Paige war gerade damit fertig, einen weiteren Luftballon aufzublasen. Mit roten Wangen rief sie ihrer Schwester nach. »Hey! Fällt dir denn gar nichts auf?«

Piper drehte sich im Raum herum. »Mir fällt auf, dass du nicht gerade auf stilvolle Dekorationen stehst.«

Paige zog eine Schnute. »Es gefällt dir nicht?«

»Doch«, versicherte Piper, »aber es hat mir auch mit der Hälfte an Girlanden und Ballons schon gefallen.«

»Keine Mühe ist zu groß für meine zukünftige Nichte«, verkündete Paige trotzig.

»Offensichtlich«, stimmte Paige zu.

Sie krümmte sich etwas und verzog das Gesicht. »Wenn die Kleine fünf ist, kommt sie in den Fußballverein. Sie tritt ja jetzt schon wie beim Elfmeter.«

Leo ging zu seiner Frau und legte ihr die Hand auf den Bauch. »Lass mich mal spüren.«

Piper sah ihn mitleidig an. »Solange du nicht meine Blase oder eine meiner Nieren bist, wird daraus nichts werden. Sie tritt nämlich nach innen.«

»Nie spüre ich etwas«, maulte Leo.

»Sei dankbar«, versicherte ihm Piper.

Leo legte den Kopf schräg. »Ich werde gerufen.«

Paige, die vom Ballons aufblasen noch ganz atemlos war, keuchte: »Der *Rat der Ältesten?*«

»Nein, es ist Phoebe«, erklärte Leo und löste sich in einem Funkenregen auf.

5

Als Leo schräg hinter seiner Schwägerin auf dem Dachboden des Hauses materialisierte, blätterte sie gerade im *Buch der Schatten*, das auf dem üblichen Podest stand. Es fiel ihm auf, wie schlecht Phoebe aussah. Sie war sehr blass. Da konnte auch die Schminke nicht helfen. Unter ihren Augen waren die Ansätze von dunklen Schatten zu erkennen. Aber er würde sich hüten, etwas zu sagen. Auch ihre Kleiderauswahl hatte nicht den üblichen Standard – es sah aus, als hätte sie einfach ein altes Sommerkleid übergezogen.

»Was ist los?«, fragte Leo.

Phoebe kreischte auf und zuckte so stark zusammen, dass sie fast das Podest umgestoßen hätte.

»Leo!«, schrie sie. »Schleich dich nicht so an mich ran!«

»Habe ich gar nicht«, verteidigte sich der Wächter des Lichts. »Außerdem hast du mich doch gerufen!«

Phoebe rang um Fassung. »Ach ja, richtig.«

»Warum bist du denn so aufgelöst?«, wollte Leo wissen.

»Was weißt du über Verfolger-Dämonen?«, fragte Phoebe, ohne darauf einzugehen.

Leo zuckte mit den Schultern. »Ziemlich niedrige Rangstufe. Sie können andere Dämonen aufspüren und über Dimensionen hinweg verfolgen. Sie sind eine Art Bluthund in Menschengestalt. Wieso?«

»Weil einer von denen letzte Nacht in meinem Traum aufgetaucht ist – deshalb«, knurrte Phoebe missmutig.

»Der Typ mit der Maske?«, hakte Leo nach. Phoebe hatte ihm von dem wiederkehrenden Alptraum mit dem Kettensägen-Killer erzählt.

»Nein«, winkte die junge Hexe ab, »den habe ich immer noch nicht verstanden. Diesmal war es anders – seltsamer.

Ich stand im Keller und bin vor ihm davongelaufen, wie immer. Doch dann war ich plötzlich in einem Wald. Aber nicht irgendein Wald. Es war ein Wald, in dem ich mal während eines Ferienlagers übernachtet habe. Im Traum war da außerdem noch dieser Typ in der Tunika, der einen kleinen Beutel in der Hand hielt und den der Verfolger-Dämon dann umgebracht hat.«

»Mann, deine Träume werden immer komplizierter«, musste Leo zugeben.

Phoebe schüttelte den Kopf. »Ich glaube, es war eine in einem Traum versteckte Vision.«

»Eine in einem Traum versteckte Vision?«, echote Leo.

»Es wäre nicht das erste Mal«, überlegte Phoebe.

Leo deutete auf das *Buch der Schatten*. Die oberste Seite zeigte eine ziemlich genaue Darstellung eines Verfolger-Dämons – schwarzer Mantel, lange Haare. »Du hast diese Zeichnung beim Durchblättern sicher hundert Mal gesehen. Wahrscheinlich hat das den Traum beeinflusst.«

»Nein, das wüsste ich«, widersprach Phoebe. »Und außerdem war der alte Mann noch da, als ich aufgewacht bin!«

Leo runzelte die Stirn. »Bist du sicher, dass du zu diesem Zeitpunkt nicht mehr geträumt hast?«

Phoebe nickte. »Der alte Mann hat es mir ausdrücklich gesagt. Und als ich dann die Zeichnung im *Buch der Schatten* gesehen habe, war ich mir sicher.«

Leo atmete tief durch. Was Phoebe sagte, klang seltsam. Aber sie hatten gemeinsam schon so viele seltsame Dinge erlebt, dass er es sich abgewöhnt hatte, ihre Geschichten anzuzweifeln. »Was kann ich für dich tun?«, fragte er sanft.

Die junge Hexe lächelte dankbar. »Frag doch mal beim *Rat der Ältesten* nach, ob die was über den alten Mann wissen. Denn wenn ich wirklich eine Vision gehabt habe – gibt es auch einen Unschuldigen, den ich schützen muss.«

Ohne ein weiteres Wort löste sich Leo auf.

Phoebe sah sich noch einmal das Bild im *Buch der Schatten* an.

Sie fühlte sich müde und ausgebrannt.

Und das war gar nicht gut.

6

DIE MEISTEN HÖLLENDIMENSIONEN bestanden aus endlosen Labyrinthen und Katakomben.

Diese hier war anders. Sie lag an der Oberfläche. Doch an welcher Oberfläche, war nicht zu sagen. Es war jedenfalls nicht die Erde, auch wenn es gewisse Ähnlichkeiten gab.

Hier herrschte die ewige Nacht. Das einzige Licht ging von den Blitzen aus, die in einem endlosen Crescendo über den Himmel zuckten. Permanent donnerte es. Einen Menschen hätte diese Welt sicher schnell in den Wahnsinn getrieben.

Doch dem Verfolger-Dämon war all dieses schon bekannt. Er hatte bereits so viele furchtbare Dimensionen auf seinen Verfolgungsjagden gesehen, dass es ihm egal war. Auch die verdorrten Bäume, deren Reste wie Zombies herumstanden, irritierten ihn nicht. Es fiel ihm jedoch auf, dass an vielen der Äste Beutel hingen.

Sein Auftraggeber, Eyrul, lehnte an einem Baum. Auch er hatte eine menschliche Gestalt angenommen. Es gab unter den Dämonen die stillschweigende Übereinkunft, dass zwei Höllendiener unterschiedlicher Gattung leichter miteinander kommunizieren konnten, wenn sie ähnliche Formen annahmen.

Eyrul war nicht gerade glücklich, als er den Verfolger sah. »Du hast eine Nacht verschwendet und bist mit leeren Händen zurückgekehrt.«

»Kein Problem«, erwiderte der Dämon lässig. »Das kriege ich schon wieder hin.«

»*Ich* habe kein Problem«, betonte Eyrul gedehnt. »*Du* hast ein Problem«.

Das war eine Drohung. Und wie um die Drohung zu unterstreichen, blitzte es auf.

»Du bist der einzige Dämon, der versagt hat«, erklärte Eyrul. »Alle anderen haben ihr Ziel erreicht.«

»Ich werde ihn heute Nacht stellen«, sagte der Verfolger, der langsam nervös wurde. »Kann so schwer doch nicht sein – er kommt ja immer zu denselben Leuten.«

Eyrul deutete auf die Beutel, die an den Ästen hingen. »Ich werde einen Beweis brauchen.«

»Kriegst du«, versicherte der Verfolger. »Mal aus reiner Neugier – was willst du mit dem Zeug? Träumen?«

Eyrul sah den Verfolger eine Sekunde lang an und schlug ihn dann so hart, dass dieser zehn Meter weit durch die Luft flog. Krachend schlug er auf dem unebenen Boden auf.

»Dämonen träumen nicht«, sagte Eyrul verächtlich und hielt einen der Beutel hoch. »Aber je mehr ich von diesem Zeug hier habe, desto weniger träumen die Menschen. Und wenn die Menschen nicht träumen, verarbeiten sie ihre Probleme nicht und werden aggressiv – und böse.«

»Ich weiß immer noch nicht, welchen Vorteil du davon hast«, knurrte der Verfolger, während er sich das schmerzende Kinn rieb. »Es geht mich zwar nichts an, aber ...«

»Ich will Respekt von den Größten der Unterwelt«, erklärte Eyrul freimütig. »Ich will für meine Taten belohnt werden.«

Er beugte sich zu dem Verfolger und zischte ihm direkt ins Gesicht: »Aber wenn du versagst, versage ich auch – kapiert?«

»Kapiert«, nickte der Verfolger und löste sich auf.

7

Es war jeden Morgen dasselbe Ritual. Lorna Grant, die Chefredakteurin des *Bay Mirror*, kam mit Schwung durch die Doppeltür in das Großraumbüro gerauscht, in dem die Redakteure schon auf ihre Aufträge warteten. Auch Phoebe war dabei, obwohl sie als Sorgentante von San Francisco eigentlich nicht journalistisch tätig war.

»Herhören«, rief die stabile Mittfünfzigerin laut, »die Ausgabe von gestern war gut, aber nichts ist so alt wie die Zeitung des Vortags! Also ran an den Speck und macht mich stolz.«

Sie verteilte Agenturmeldungen und Faxe: »Barry, exzellente Reportage über die Geiselnahme im Krankenhaus. Hier ist die nächste: Ein Mann hat im Kaffeeladen an der Forsythe eine Pistole gezogen.«

»Brianna, du kümmerst dich um den Ausgeflippten, der seinen Wagen vor Wut direkt in den Supermarkt gefahren hat.«

»Jerry, eine Mutter hat den Schuldirektor ihrer Tochter wegen schlechter Noten mit einem Brotmesser angegriffen – ich brauche mindestens drei Spalten.«

»Leslie, wir kommen zum Sport: Ein Coach hat seinem besten Pitcher den Schläger über den Schädel gezogen.«

»Was ist denn da draußen los?«, fragte Phoebe.

Es war ja normal, dass es Gewalt gab, aber diese Anhäufung fand sie seltsam.

»Die Stadt geht vor die Hunde, das ist los«, erklärte Lorna knapp. »Schlecht für die Leute, gut für die Auflage.«

»Selbst in meinen Zuschriften dreht sich alles um

Gewalt«, erklärte Phoebe und blätterte in den Briefen, die auf ihren Knien lagen. »Immer mehr Leute wollen von mir wissen, wie sie ihre Aggressionen kontrollieren können.«

Lorna wollte etwas erwidern, aber Lärm im hinteren Teil des Großraumbüros lenkte sie ab.

Es war die Lokalreporterin Sandy, die auf ihren Kollegen Jerry losging. »Das liegt an der Salisbury, also ist es meine Story!«

Jerry zog die Agenturmeldung weg. »Aber Lorna hat mir den Auftrag gegeben!«

Normalerweise wurden solche Konflikte taktvoller und friedlicher ausgetragen. Phoebe ahnte aber, dass dies hier nicht der Fall sein würde, denn Sandy warf sich plötzlich mit ihrem ganzen Gewicht auf den Kollegen, der nach hinten auf den Schreibtisch kippte. Sie fingen an, sich wie Schulkinder um das Papier zu raufen.

»Hört sofort auf damit!«, rief Lorna, aber die Worte blieben ohne Wirkung.

Phoebe sah dem Ringkampf entgeistert zu, bis die Redaktionsassistentin sie ansprach: »Ich unterbreche nur ungern, aber Paige ist am Telefon. Soll ich eine Nachricht aufnehmen?«

»Nein, stell es rüber in mein Büro.«

Phoebe ging an den Streithähnen vorbei in ihr eigenes kleines Reich. Jerry zerrte gerade an Sandys Haaren.

So etwas hatte sie ja noch nie erlebt!

Phoebe schloss die Bürotür und nahm den Hörer ab. »Was gibt's?«

Paige saß in ihrem Wagen vor einem großen Einkaufszentrum. Sie hatte Prospekte von ein paar Läden auf den Knien. »Ich brauche deine Hilfe, was das Motiv auf den Platzdeckchen betrifft. Entweder wird es ein Baby auf einer Wolke oder eine süße Baby-Biene auf einer Blume.«

»Piper ist gegen Bienen allergisch«, erinnerte Phoebe ihre Halbschwester.

»Oh, stimmt«, sagte Paige und schlug sich mit der flachen Hand vor die Stirn. »Danke für den Tipp.«

Sie wollte schon die rote Taste an ihrem Handy drücken, als Phoebe noch einmal nachhakte: »Hast du nur deshalb angerufen?«

»Ja – wieso?«, fragte Paige.

»Es scheinen alle Leute heute ein bisschen auf hundertachtzig zu sein«, erklärte Phoebe. »Sogar hier in der Redaktion. Ist dir nichts aufgefallen?«

Paige dachte einen Augenblick nach, während eine blöde Schnepfe wie verrückt hupte, um sie zum Verlassen des Parkplatzes zu nötigen.

»Jetzt, wo du es sagst«, meinte sie schließlich, »ich habe heute erstaunlich viele einsame Mittelfinger im Straßenverkehr gesehen.«

»Das meine ich«, bestätigte Phoebe. »Ich glaube, da steckt was dahinter. Vielleicht etwas Ernstes.«

»Jetzt hör aber auf«, stöhnte Paige. »Du übertreibst. Vielleicht solltest du mal einen Psychiater aufsuchen. Du vermutest hinter allem gleich eine Verschwörung dunkler Mächte.«

Die Ziege im Wagen hinter ihr hupte wieder und machte dazu ein paar obszöne Gesten.

»Madame!«, zischte Paige, mehr zu sich selbst. »Das ist mein Parkplatz, capice?«

Sie wandte sich wieder dem Gespräch mit ihrer Schwester zu: »Es ist doch so – in San Francisco ist jeder verrückt. Nur deshalb fallen wir als Hexen nicht weiter auf.«

»Ich weiß, und ich war in letzter Zeit auch nicht gerade in Topform«, gab Phoebe zu. »Vielleicht bin ich nur ein bisschen zu neurotisch. Aber nur weil ich schlecht schlafe, heißt das noch lange nicht, dass ich nicht Recht habe.«

Paige wollte etwas entgegnen, aber plötzlich tauchte eine wütende Frau an ihrem Fahrerfenster auf: »Fahren Sie endlich ihre Schrottkiste weg, Sie Schlampe!«

Damit stapfte sie wieder zu ihrem Wagen zurück.

Paige war total entgeistert. »Weißt du was, Phoebe? Du hast vielleicht doch Recht.«

8

ES WAR SO FURCHTBAR – romantisch. Ryder hatte geglaubt, dass Siena bei der Explosion, durch die er sein Gedächtnis verloren hatte, ums Leben gekommen war. Drei Jahre lang war er durch Tibet geirrt. Nun war er als erfolgreicher Gehirnchirurg nach Point Place zurückgekehrt und seine erste Patientin war – Siena.

Sie hatte einen Hirntumor, den nur er operieren konnte. Aber sie war mit Drake Remoray verheiratet, seinem Erzfeind. Doch nun, da er sie wiedergefunden hatte, würde nichts mehr ihre Liebe trennen können!

»Ich hatte geglaubt, dich nie wiederzusehen«, seufzte die Blondine, und der attraktive Doktor nahm ihre Hand.

»Alles wird gut«, flüsterte Ryder.

»Aber mein Tumor ... und mein Ehemann«, hauchte Siena.

Ryder zog sie an sich. »Ich werde beide besiegen!«

Dann küsste er sie leidenschaftlich.

Piper konnte nicht anders – sie begann zu heulen.

›Days of our restless Beauty‹ war einfach der Hammer, was Seifenopern anging. Seit Monaten verfolgte sie nun schon die tragische Liebesgeschichte von Siena und Ryder. Und heute – heute hatte das Paar endlich wieder zusammengefunden!

Pieper schniefte in ein Taschentuch. Sie saß zusammengekauert auf dem weichen Sofa und wartete auf die große Liebesszene. Phoebe war in der Redaktion, Paige einkaufen, und Leo bei dem *Rat der Ältesten* – sie hatte die wahre Liebe ganz für sich allein!

In diesem Moment ging die Haustür auf, und ihre beiden Schwestern kamen hereingestürmt.

»Und du meinst also, das hängt mit deinem Traum zusammen?«, plapperte Paige drauflos.

»Mit der Vision in meinem Traum«, beharrte Phoebe. »Es wäre doch sehr seltsam, wenn das nur ein Zufall wäre, oder?«

Die diskutierenden jungen Frauen brachten es fertig, sich direkt zwischen Piper und dem Fernseher zu platzieren.

»Hey, ich will das sehen!«, protestierte Piper. »Darauf habe ich seit Wochen gewartet!«

Phoebe warf nur einen abfälligen Blick auf die Mattscheibe – Seifenopern! Was daran so toll war ...

Sie schnappte sich die Fernbedienung und schaltete den Apparat ab – gerade als Siena und Ryder auf das Krankenhausbett sanken!

»Jetzt wird es doch erst spannend!«, rief Piper verzweifelt.

»Dann leih dir das Video aus«, erklärte Phoebe resolut und drängte sich ebenfalls auf die Couch. »Auf uns wartet Arbeit.«

»Das ist kein Film, das ist eine Soap«, maulte Piper mit einem letzten Versuch, »die gibt es nicht auf Video.«

Phoebe hörte gar nicht hin, schließlich gab es dringendere Probleme.

»Leo!«, rief sie aus voller Kehle.

»Phoebe ist überzeugt, dass ein Dämon so eine Art Wut-Epidemie ausgelöst hat«, erklärte Paige mit abschätzigem Blick.

Piper stürzte sich förmlich auf ihre Schwester, um ihr die Fernbedienung wieder abzunehmen: »Her damit!«

»Siehst du?«, kickste Phoebe, während sie den Angriff ihrer schwangeren Schwester abwehrte. »Das ist der Beweis!«

Leo erschien im Wohnzimmer, und Piper beruhigte sich etwas.

»Und – was hast du rausgefunden?«, fragte Phoebe.

»So wie es aussieht, ist deine Vision in der Tat echt gewesen«, sagte der Wächter des Lichts. »Und der Verfolger-Dämon ist es ebenfalls.«

»Welcher Verfolger-Dämon?«, wollte Piper wissen.

»Was ist mit dem alten Mann?«, hakte Phoebe nach, ohne auf ihre Schwester einzugehen.

»Welcher alte Mann?«, zischte Piper jetzt unüberhörbar.

»Wenn deine Beschreibung stimmt, ist es ein Waruru Silomo, den du unbedingt retten musst«, sagte Leo.

»Ein Waruru *was?*«, stotterte Paige.

»Ein Waruru Silomo«, erklärte Leo. »Das ist ein alter Begriff für das, was man heute gemeinhin Sandmann nennt.«

Paige machte jetzt große Augen, und Phoebe konnte sich ein Grinsen nicht verkneifen: »Sandmann? Ist das so etwas wie ein *Sandmännchen?*«

»Genau so«, bestätigte Leo. »Es gibt aber nicht bloß einen. Es gibt sehr viele. Sie sind wie Engel. Nachts besuchen sie die guten Menschen und streuen Traumstaub über sie.«

»Ich kann nicht glauben, dass es die wirklich gibt«, kicherte Paige, wurde aber gleich wieder ernst. »Nicht, dass ich wirklich überrascht wäre.«

»Die wissen doch aber nicht, was wir träumen, oder?«, fragte Piper. »Das ist doch wohl noch Privatsache.«

Sie war entsetzt angesichts der Vorstellung, dass ein fremdes Wesen mitbekommen haben konnte, wie sie von Ryder träumte.

»Keine Ahnung«, gab Leo zu. »Ich weiß aber, dass sie auf einer anderen Existenzebene leben, und man kann sie deshalb nur finden …«

»… wenn man einen Verfolger-Dämon auf sie ansetzt, der sie in unsere Dimension lockt«, vollendete Phoebe den Satz.

Leo nickte. »In der sie getötet werden können.

»Aber das macht doch gar keinen Sinn. Warum sollte jemand die Traummacher töten wollen? Träume sind doch bloß ein harmloser erotischer Spaß!«, rief Piper.

Eine Sekunde lang herrschte Totenstille im Halliwell-Haushalt. Leo zog nur die Augenbrauen zusammen, und Phoebe versuchte, in eine andere Richtung zu schauen, um nicht zu lachen.

Paige sprach es aus: »Hast du gerade ›erotisch‹ gesagt?«

Piper hätte sich am liebsten selbst geohrfeigt und versuchte die Situation zu retten: »*Exotisch*. Ich habe *exotisch* gesagt. Was ihr immer gleich denkt.«

Niemand glaubte ihr, aber weil es momentan Wichtigeres gab, blieb dieser Freudsche Versprecher unkommentiert.

»Ich habe nie exotische Träume«, sagte Paige. »Meine sind immer nur seltsam.«

»Meine sind mitunter richtig gruselig«, gestand Phoebe. »Doch im Traum verarbeitet man ja auch seine Probleme, richtig?«

»Und?«, wollte Paige wissen, die keine Ahnung hatte, worauf Phoebe hinaus wollte.

»*Darum* sind die Leute so durchgeknallt!«, rief Phoebe. »Weil ihr Unterbewusstsein keine Chance mehr hat, Dinge zu verarbeiten.«

»Mein Unterbewusstsein hat anscheinend eine ganze Menge Dinge zu verarbeiten«, knurrte Piper – leider einen Tick zu laut.

Aber Leo überhörte es geflissentlich, schließlich gab es wichtigere Probleme. »Du sagst, du hast von einem Ort geträumt, an dem du schon mal gewesen bist?«, fragte er Phoebe.

Phoebe nickte. »North-State-Camp-Gelände.«

Paige klatschte in die Hände. »Okay, damit wären wir

schon mal auf einer heißen Spur. Wir machen uns also auf zum North-State-Camp!«

Damit lief sie aus dem Zimmer und ging nach oben, um sich umzuziehen. Auch Leo machte sich auf den Weg.

Piper versuchte, sich aus dem Sofa zu stemmen, was angesichts ihrer fortgeschrittenen Schwangerschaft gar nicht so leicht war.

Phoebe drückte sie wieder in das Polster zurück. »Diesmal solltest du lieber aussetzen.«

»Wieso?«, fragte Piper überrascht. »Ihr braucht mich doch als ein Mitglied der Zauberhaften!«

Phoebe lächelte sanft. »Wir werden uns einen starken Zaubertrank mischen. Aber du bist momentan nicht sehr gut zu Fuß und diese Alptraum-Geschichte erfordert vermutlich viel Rennerei.«

Sie stand auf, während Piper missmutig ins Kissen zurückfiel. »Okay, klar. Dann macht doch alles alleine.«

Kaum war Phoebe außer Hörweite, packte Piper die Fernbedienung und schaltete den Apparat wieder an.

Sie kam gerade rechtzeitig, um Siena und Ryder nach vollendeter Liebesnacht im Bett zu sehen.

»Oh, Ryder, ich hatte vergessen, wie wunderbar es mit dir ist«, hauchte Siena.

»Verdammt«, knurrte Piper. »Ich habe mal wieder das Beste verpasst.«

Was war denn auf einmal mit Sienas Tumor? Und Drake Remoray? Und überhaupt – was, wenn das gar nicht Siena war? Sondern Sally, ihre böse Zwillingsschwester?

Piper nahm sich vor, später mal im Internet nach Antworten auf diese brennenden Fragen zu suchen.

9

*R*AY SCHLIEF FRIEDLICH. Das erste Mal seit langer Zeit. Als junger Internet-Broker hatte er einen stressigen Job im Silicon Valley. Und die Geschäfte liefen nicht mehr so gut wie noch vor drei Jahren.

Darum war er hier zum Camping-Gebiet rausgefahren. Er hatte sein kleines Zelt gepackt, es in den Mercedes geworfen, und war die achtzig Meilen zum Naturschutzgebiet gefahren.

Er hatte sich in seinem großen Haus mit den noch größeren Hypotheken einfach nicht mehr wohl gefühlt. Doch hier in der Camping-Anlage war das anders.

Er schnarchte leise vor sich hin.

Der Sandmann schob sich in sein Zelt.

Auch er war froh, dass Ray wieder gut schlief. Oft genug hatte er Stunden darauf warten müssen, dass der junge Mann endlich einschlief.

Der Sandmann streute ein wenig Traumstaub auf seinen schlafenden Körper. Er war sicher, dass es ein schöner Traum sein würde.

Er verließ das Zelt und war kaum zwei Schritte weit gekommen, als er die Stimme des Verfolger-Dämons hörte: »Du hast doch nicht gedacht, dass du mir so leicht entkommen würdest.«

Der Sandmann musste lächeln, als er das überhebliche Grinsen des Verfolgers sah: »Nein, das habe ich nicht gedacht. Ich hatte sogar gehofft, dich wiederzusehen.«

Der Verfolger machte eine schnelle Handbewegung, und der Sandmann wurde in die Realität gesaugt. Sein Glorienschein verschwand, und sein Körper wurde durchsichtiger. Er sah aus wie ein kleiner, alter Mann in einer Tunika, mehr nicht.

Doch es sollte noch einmal an diesem Abend funkeln. Ein blauer Strahlenregen erleuchtete den Zeltplatz und zwei junge Frauen erschienen – Paige und Phoebe.

»Hexen«, knurrte der Verfolger, der seine Felle davonschwimmen sah.

Die beiden jungen Frauen waren ein gut eingespieltes Team – Paige lenkte den Dämon ab, während Phoebe den Schutz des Sandmanns übernahm.

Es war nicht gerade Paiges stärkster Energiestoß, den sie auf den Verfolger abfeuerte, schließlich hatte sie nicht viel Zeit, sich zu konzentrieren, und so war es kein Wunder, dass der Dämon ihn leicht abwehren konnte. Aus seinem Körper rollte eine Stoßwelle, die Paige von den Beinen riss.

Als Nächstes schoss der Verfolger einen Blitz in Richtung Sandmann. Doch Phoebe konnte ihn gerade noch aus der Schusslinie stoßen.

Dabei kam es zu einem kleinen, aber folgenschweren Unglück: Der Beutel des Sandmanns wurde von dem Strahl getroffen, und der gesamte Inhalt ergoss sich auf Phoebe, während sie gerade auf den Boden fiel.

Die Folgen traten augenblicklich ein. In einem grünlichen Lichtblitz tauchte der maskierte Killer mit der Kettensäge auf.

»Wer soll das denn sein?«, knurrte Paige, als sie wieder auf die Beine kam.

Es herrschte nun allgemeine Verwirrung – auch der Verfolger-Dämon hatte keine Ahnung, was da vor sich ging.

Phoebe war starr vor Angst, schließlich hatte sie hier im wahrsten Sinne des Wortes ihren schlimmsten Alptraum vor Augen. Und er kam näher!

Paige nutzte das Chaos, um den Rückzug anzutreten. Sie rannte zu ihrer Halbschwester, berührte diese und den Sandmann an der Schulter und materialisierte die kleine Gruppe aus der Gefahrenzone.

Die Kettensäge des Killers stieß ins Leere.

10

INZWISCHEN WAR ES WIEDER VORMITTAG, und Phoebe war dankbar für das strahlende Sonnenlicht. Sie war hundemüde, aber Schlaf kam nicht in Frage. Es war nicht auszudenken, was alles passieren konnte, wenn sie wieder träumte.

Paige saß neben dem Sandmann auf der Rattancouch im Wintergarten. Sie beäugte ihn neugierig. Schließlich piekte sie ihn sogar mit dem Zeigefinger. Als er sie ansah, wurde sie rot: »Tut mir Leid. Ich bin nur so überrascht, dass es Sie wirklich gibt.«

Der Mann lächelte gütig.

»Okay, hier sind die stärksten Koffeinbomben, die ich zusammenbrauen konnte«, sagte Piper, die mit ein paar Tassen in der Hand zu ihren Schwestern stieß. »Damit ist Schlaf für die nächsten paar Stunden kein Thema mehr.«

Leo folgte ihr. Auch er hatte einen Becher in der Hand.

Piper wollte dem Gast ebenfalls einen Kaffee einschütten, aber dann hielt sie sich zurück: »Schlafen Sandmänner überhaupt?«

»Nur, wenn seine Schützlinge alle wach sind«, sagte der Mann milde.

Piper dachte einen Moment lang an die verschiedenen Zeitzonen auf der Erde: »Das wäre dann also – nie.«

»Können wir uns auf das eigentliche Thema konzentrieren?«, fragte Phoebe, die ziemlich mitgenommen aussah. »Wir haben einen Dämon zu vernichten und einen Alptraum zu bewältigen.«

»Und eine Baby-Party zu veranstalten«, ergänzte Paige, was ihr genervte Blicke von allen Beteiligten einbrachte.

»Haben Sie eine Ahnung, wie Phoebes Alptraum real werden konnte?«, fragte Leo.

Der Sandmann schüttelte den Kopf. »Nicht die geringste. Das ist noch nie vorher geschehen. Allerdings hat auch noch nie jemand eine solche Menge Traumstaub abbekommen.«

»Wegen der Überdosis ist dieses Wesen quasi ... aus ihrem Kopf in die Wirklichkeit geplumpst?«, fragte Paige ungläubig.

»Aus ihrem Unterbewusstsein, richtig«, bestätigte er. »Nun, da er die Traumdimension verlassen hat, ist er sehr real – und sehr gefährlich.«

»Heißt das, er wird jetzt versuchen, mich umzubringen?«, fragte Phoebe entsetzt.

»Wenn das im Traum sein Ziel war – ja.«

»Klasse«, knurrte sie, »einfach klasse. Das muss ich mir erst einmal durch den Kopf gehen lassen.«

Sie ging in die Küche, um sich Zucker für den Kaffee zu holen. Die Nachricht hatte sie augenscheinlich sehr mitgenommen.

»Wir müssen ihn unschädlich machen«, verkündete Piper, »bevor noch andere Träume plötzlich real werden.«

Ihr war sehr viel daran gelegen, dass ihre Träume in ihrem Unterbewusstsein versteckt blieben.

»Welche Träume denn?«, fragte Leo interessiert.

»Nicht wichtig«, winkte Piper ab. Das wissende Lächeln des Sandmanns brachte sie völlig aus der Fassung.

»Die Frage ist doch, ob der Killer oder der Verfolger Priorität hat«, meinte Paige. »Wenn wir den Verfolger nicht stoppen, wird sich ganz San Francisco in eine Wut-Zone verwandeln.«

»Es gibt nicht nur *einen* Verfolger«, erklärte der Sandmann nun. »Ich habe gehört, dass auch noch andere unterwegs sind, um meinesgleichen zu töten.«

»Das bedeutet, dass ein ranghöherer Dämon dahinter steckt und die Attacken koordiniert«, folgerte Leo.

Piper klatschte enthusiastisch in die Hände: »Okay, wir suchen uns den passenden Bannspruch, holen den Verfolger, quetschen ihn aus, vernichten ihn und seinen Boss, und dann kann der Sandmann wieder dafür sorgen, dass Träume Privatsache bleiben.«

»Wow, das hast du dir aber schnell ausgedacht«, sagte Paige bewundernd und etwas misstrauisch.

Phoebe kam aus der Küche zurück. »Was machen wir wegen dem Killer mit der Kettensäge?«

»Keine Sorge«, winkte Piper ab, »den jagen wir in die Luft, bevor die Säge in Aktion treten kann.«

Es klingelte an der Haustür. Das war zwar unpassend, aber keine Katastrophe. Die Hexen hatten gelernt, dass Dämonen selten klingelten.

»Wer ist das?«, fragte Piper.

»Oh, das sind Becky und Wendy mit den Zutaten für das Party-Buffet«, rief Paige und sprang von der Couch auf. »Ist irgendjemand allergisch gegen Petersilie?«

»Kannst du die nicht loswerden?«, fragte Leo ungewohnt direkt.

»Kommt nicht in Frage«, erwiderte Paige. »Wenn ich sie wegschicke, fällt die Feier aus. Und das passiert nur über meine Leiche.«

»Okay«, lenkte Piper ein. »Paige und ich kümmern uns um die Mädels, und ihr könnt ja schon mal die Beschwörung vorbereiten.«

Phoebe, Leo und der Sandmann machten sich auf den Weg zum Dachboden.

11

»HEXEN?«, SCHRIE EYRUL. »Du hast ihn an Hexen verloren?«

Er war außer sich und stieß den Verfolger brutal gegen einen vertrockneten Baumstumpf. Es blitzte und donnerte so heftig, als würde das Wetter die Stimmung des Dämons beschreiben wollen.

»Lass mich doch ausreden«, krächzte der Verfolger.

»Wissen sie von mir?«, knurrte Eyrul, der offensichtlich keine Lust hatte, sich die Ausreden seines Lakaien anhören zu müssen.

»Nein. Ich schwöre, ich kann es wieder in Ordnung bringen. Eine der Hexen ist direkt vom Traumstaub getroffen worden. Und jetzt ...«

Er brauchte den Satz nicht einmal zu beenden, denn die aufkreischende Kettensäge des maskierten Killers lenkte Eyruls Aufmerksamkeit in die entsprechende Richtung.

Aus Reflex wollte der Dämon den vermeintlichen Gegner vernichten, doch der Verfolger hielt ihn zurück: »Nicht. Er ist für uns keine Gefahr – nur für die Hexe, aus deren Traum er stammt.«

Er machte dem Killer ein Zeichen, sich zu beruhigen: »Du kannst die Kettensäge ausstellen. Er wird uns jetzt zuhören.«

Der Killer tat schweigend, was ihm befohlen wurde.

»Dieser Typ ist der schlimmste Alptraum einer der Hexen – im wahrsten Sinne des Wortes«, erklärte der Verfolger-Dämon weiter. »Ich habe mir überlegt, dass das bei den anderen auch funktionieren könnte.«

Er nahm ein paar der Traumstaub-Beutel von den Ästen.

»Und wie willst du so deinen Auftrag erfüllen?«, wollte Eyrul wissen.

»Es wird sie lange genug ablenken, damit ich mein Ziel erreichen und die Hexen ausschalten kann«, fuhr der Verfolger fort.

Eyrul nickte mit dem Kopf. Die Idee ergab Sinn. Es war vielleicht der einfachste Weg, die Hexen abzulenken und den Sandmann zu töten.

Doch bevor der Verfolger-Dämon und der Killer sich auf den Weg machen konnten, gab ihnen Eyrul noch eine Warnung mit: »Ihr solltet diesmal wirklich erfolgreich sein – sonst werde *ich* euer schlimmster Alptraum sein.«

Und es war nicht daran zu zweifeln, dass er es ernst meinte.

12

PIPER HATTE DAS GEFÜHL, dass sie gerade die zwanzigste Platte mit Schnittchen und Häppchen durch die Gegend schleppte. Es war kaum noch Platz, um die ganze Verpflegung abzustellen.

»Das reicht jetzt aber wirklich«, zischte sie ihrer Halbschwester zu. »Die müssen verschwinden!«

Paige ignorierte Piper geflissentlich, und weil gerade Becky mit einer weiteren Schüssel hereinkam, konnte die Diskussion auch nicht fortgeführt werden.

»So, der Kofferraum ist endlich leer«, erklärte die brünette und immer patente Becky stolz.

»Dann müssten wir ja fertig sein, oder?«, fragte Paige hoffnungsfroh.

Becky lachte. »Von wegen. Jetzt ist der Rücksitz dran.«

»Muss es denn so viel Zeug sein?«, stöhnte Piper. »Damit können wir ja die Bevölkerung von San Francisco zehn Jahre lang ernähren!«

»Beschwer dich nicht bei mir«, winkte Becky ab. »Paige war es, die uns zu einem Dutzend verschiedener Läden geschickt hat.«

Jetzt kam auch Wendy. Sie schleppte mühsam an mehreren blauen Einkaufstüten.

»Nicht reingucken, Piper«, krähte die aufgedrehte Blondine fröhlich, »die Geschenke darfst du erst auf der Party sehen.«

Sie stellte die Tüten ab, als sie Slappy sah, der auf einem Stuhl im Flur hockte. »Ich dachte, die Idee mit den Clowns hätten wir uns geschenkt.«

»Stimmt auch«, sagte Paige, »der da gehört mir. Er heißt Slappy.«

»Clowns haben was Gruseliges an sich«, murmelte Wendy.

»Besonders dieser«, stimmte Becky zu.

»Lass das mal nicht Paige hören«, empfahl Piper.

Becky drehte die Puppe auf das Gesicht. »So ist's besser.«

»Okay, Leute, danke für eure Hilfe«, versuchte Piper erneut, die Gäste aus dem Haus zu bekommen. »Ihr könnt jetzt gehen. Wenn noch was ist, melde ich mich.«

»Gehen?«, echote Wendy verwirrt. »Paige wollte aber, dass wir bei den Vorbereitungen der Party helfen.«

»Mag sein«, knurrte Piper. »Aber ich bin hier die zukünftige Mutter, und ich habe entschieden, dass es erst einmal genug ist. Mehr als genug.«

»Das sind die Hormone«, sagte Becky mitfühlend und legte ihr die Hand auf die Schulter. »Vielleicht solltest du dich hinlegen und uns die Arbeit überlassen.«

»Es sind nicht die Hormone!«, rief Piper verzweifelt. »Es ist nur dieser Party-Wahnsinn, der mich nervt. Besonders, wo wir doch einen Dämo ... eine dämliche Menge an Arbeit noch vor uns haben.«

»Piper, jetzt bin ich aber doch überrascht«, sagte Becky pikiert. »Wir machen das hier doch alles nur für dich.«

»Weiß ich doch«, antwortete Piper wehleidig. »Aber ich brauche momentan wirklich nur ein bisschen Ruhe und Frieden. Als Schwangere darf man das.«

»Wenn du meinst ...«, sagte Wendy gedehnt.

»Meine ich«, bestätigte Piper und schob die beiden Nervensägen zur Tür hinaus.

Sie lehnte sich gegen die Haustür und blies geräuschvoll Luft aus.

Endlich!

Endlich war dieser Baby-Wahnsinn gebannt.

Dagegen konnte der Bannspruch für den Dämon nur noch ein Klacks sein.

13

FRUSTRIERT ZERKNÜLLTE PHOEBE ein weiteres Blatt Papier und warf es auf den Haufen, der schon auf dem Boden lag.

»Es ist ein einfacher Bannspruch«, nölte sie, »aber ich kriege ihn nicht auf die Reihe!«

»Du musst dich erst einmal entspannen«, empfahl Leo, »dann wird das schon.«

»Vielleicht liegt es daran, dass ich die ganze Sache für keine so gute Idee halte«, sagte sie. »Was ist, wenn der Verfolger-Dämon Tricks anwendet, von denen wir nichts ahnen? Auf dem Camping-Platz hat er es doch auch fast geschafft!«

»Da hatte er nur Glück«, wandte der Sandmann ein. »Niemand konnte damit rechnen, dass dein Traum lebendig wird!«

»Ist er aber«, insistierte Phoebe. »Und seitdem kann ich an nichts anderes mehr denken.«

»Du solltest dir mal überlegen, was der Traum eigentlich zu bedeuten hat«, schlug Leo vor. »Dann hast du vielleicht auch keine Angst mehr vor ihm.«

»Meinst du nicht, dass ich das schon längst getan hätte, wenn ich es könnte?«, gab Phoebe zurück. »Ich vernichte fast täglich die schlimmsten Dämonen – da sollte so ein Typ aus meiner Traumwelt eine Kleinigkeit sein. Auch wenn er benzingetriebene Gartengeräte bei sich hat.«

Sie setzte sich auf das Sofa des Dachbodens und stützte frustriert das Gesicht auf die Hände. »Warum laufe ich vor ihm weg? Wissen *Sie* es?«

Der Sandmann schüttelte den Kopf. »Ich bringe die Träume nur, mehr nicht. Doch vielleicht hilft es, wenn du dir klar machst, wer hinter der Maske steckt. Die Traumwesen sind oft Symbole und stehen in der Regel für etwas ganz anderes. Das muss keine Person sein, es kann sich auch um ein Gefühl handeln. Wenn du den Schleier lüften kannst, dem Killer die Maske vom Gesicht reißen kannst, dann wird auch die Gestalt verschwinden.«

»Ich wüsste nicht mal, wo ich anfangen sollte«, flüsterte Phoebe frustriert. »Mein Leben läuft super, meine Höllenehe habe ich überstanden – was sollte mir denn jetzt noch Alpträume verursachen?«

»Diese Frage kannst nur du dir beantworten«, erklärte der Sandmann sanft. »In deinen Träumen.«

Phoebe riss sich zusammen und nahm einen Notizblock zur Hand.

»Ich will ja nicht undankbar klingen«, begann Piper vorsichtig, während sie eine Obstschüssel voll mit Avocado-Dip in die Küche trug, »aber das ist doch alles in bisschen viel, oder?«

»Gar nicht«, verteidigte sich Paige, die damit beschäftigt war, die dritte Schüssel Kartoffelsalat in den Kühlschrank zu stopfen. »Für meine Nichte ist das Beste gerade gut genug.«

»Es ist eine Baby-Feier, keine Krönung«, gab Piper zu bedenken.

Paige schlug den Kühlschrank zu. »Kinder, die halb Wächter des Lichts und halb Hexe sind, werden selten genug geboren. Das muss gefeiert werden.«

»Aber das Baby wird doch gar nicht dabei sein«, protestierte Piper und krümmte sich gleich darauf vor Schmerzen. »Bis auf den einen oder anderen Tritt vielleicht. Es stellt sich die Frage, ob es dabei nicht mehr um dich geht als um das Baby.«

Paige setzte angesichts dieses Vorwurfs sofort ihren patentierten Schmollmund auf, aber Leo kam herein und unterbrach die Diskussion. »Wo sind eure Freundinnen?«

»Auf und davon«, sagte Piper.

»Kommen sie wieder?«, wollte der Wächter des Lichts wissen.

»Nicht vor der Party«, antwortete Paige. »Warum?«

»Phoebe ist fast mit dem Bannspruch fertig«, erläuterte Leo. »Wir müssen uns vorbereiten.«

»Auf mich?«, ertönte es auf einmal aus der Diele.

Die Hexen und der Wächter des Lichts drehten sich abrupt um.

Der Verfolger-Dämon war da!

Noch bevor irgendjemand einen Finger rühren konnte, warf er zwei große Hände voller Traumstaub auf die Hexen. Beinahe augenblicklich sanken Paige und Piper schlafend zu Boden.

Leo wollte den Verfolger stoppen, aber dieser jagte einen blauen Blitz in den Körper des Wächters, worauf dieser quer durch die Küche geschleudert wurde. Für ein paar Sekunden war Leo ohnmächtig, sodass der Verfolger seine Chance nutzen konnte.

Er zog einen weiteren Beutel aus der Tasche und ließ den Inhalt auf Leo hinabrieseln.

Es war genauso einfach gewesen, wie er es sich vorgestellt hatte.

Dann löste er sich auf.

Zeit, den Sandmann zu töten ...

14

PIPER KAM NUR MÜHSAM WIEDER auf die Füße.

Verdammt, der Verfolger-Dämon hatte sie schlichtweg überrumpelt.

Sie blickte in die Richtung, wo ihre Halbschwester zusammengebrochen war.

Aber Paige war nicht zu sehen.

War sie früher aus dem Schlaf erwacht? Wenn ja, wieso hatte sie sich dann nicht um sie gekümmert? Schließlich war sie doch schwanger!

Instinktiv fasste Piper an ihren Bauch – er war flach! Stattdessen fühlte sie Pailletten und Seide unter ihren Fingern.

Das war das scharlachrote Abendkleid!

Jetzt hörte sie auch die leise romantische Musik.

»Oh, nein«, stöhnte sie. »Nicht jetzt.«

Aber es war zu spät – in einem goldenen Regen tauchte Ryder auf. Perfekt von Kopf bis Fuß, wie immer.

»Das ist gerade ein ganz ungünstiger Zeitpunkt«, keuchte Piper, während sie sich den Playboy vom Leib hielt. »Wie bist du überhaupt hierher gekommen?«

Der gut aussehende Seifenopern-Gigolo hatte mehr Arme als ein Krake, aber Piper hatte keine Zeit für solche Mätzchen.

»Mit wem redest du da?«, knurre Paige müde, während sie sich vom Küchenboden aufrappelte.

»Ich bin's!«, ertönte eine grelle Stimme. »Erkennst du mich nicht?«

Sie sah sich um.

Keine Spur von ihrer Halbschwester oder von Leo.

Dafür stand ein Clown im Raum!

Nicht irgendein Clown.

Es war Slappy.

Ihr Slappy!

Allerdings war er nun an die ein Meter achtzig groß und wirkte gar nicht niedlich.

Sein Grinsen war eher beängstigend.

»Wo ist mein Baby?«, hörte Paige auf einmal ihre Schwester sagen, und als sie sich umdrehte, sah sie Piper in den Armen eines betörenden Schönlings.

Das wurde ja immer seltsamer!

»Hier drüben!«, kam es aus dem Flur, in den der Verfolger-Dämon Leo geschubst hatte.

Der Wächter des Lichts betrat die Küche – mit einem mächtigen Schwangerschaftsbauch!

»Ach, du meine Güte«, keuchte Paige verblüfft.

»Was soll ich erst sagen?«, knurrte Leo, und streckte ächzend den Rücken durch.

Alle Beteiligten hätten ein paar Minuten gebraucht, um diesen Schlamassel erst einmal zu verarbeiten, aber dazu blieb ihnen keine Zeit. Denn vom Dachboden her war das Geräusch einer Kettensäge zu hören!

Selbst Ryder wurde durch das Gejaule von seinen romantischen Ambitionen abgelenkt.

»Das klingt aber nicht sehr erfreulich«, quietschte Slappy.

15

PHOEBE WAR ENTSCHLOSSEN, den Sandmann nicht preiszugeben. Sie hatte sich einen kleinen Beistelltisch geschnappt, dessen Holzfuß sie nun nutzte, um den Kettensägen-Killer auf Abstand zu halten.

Angesichts der Kettensäge war das allerdings ein aussichtsloses Unterfangen. Es brauchte nur einen Schwung mit dem Mordwerkzeug – und Phoebe hielt nur noch die Hälfte des Tischbeins in der Hand.

»Du kannst deinen Traum nicht bekämpfen«, mahnte der Sandmann.

»Wollen Sie mit mir wetten?«, knurrte Phoebe entschlossen und stieß dem Gegner das spitze Holzstück gegen die Brust. Es drang ein ganzes Stück weit in den Körper ein, und der Killer stolperte zurück.

Doch während er nach hinten fiel, klappte auch Phoebe zusammen. Unter ihrem Pullover erschien ein hässlicher, blutroter Fleck.

Zuckend und stöhnend blieb sie liegen.

Der Verfolger-Dämon tauchte nun aus dem Nichts auf. Er sah seinen Lakaien und die junge Hexe am Boden liegen – mit identischen Wunden in der Brust.

»Mann, Freud würde darüber sicher ein komplettes Buch schreiben können«, grinste er schmierig.

»Phoebe, alles in Ordnung?«, kam es von der Treppe herauf.

Dem Verfolger wurde klar, dass seine Zeit knapp würde. Die anderen Hexen würden sich schnell zusammenschließen.

Er sah den alten Mann an, der fassungslos das Geschehen betrachtet hatte. »Süße Träume.«

Es brauchte nur einen mittelgroßen Blitz, um den Sandmann zu töten. Seine Gestalt löste sich auf, während sein Beutel zu Boden fiel.

Der Verfolger-Dämon hob das Beweisstück seine Erfolges auf, sah sich ein letztes Mal um und verschwand dann wieder.

Sein Auftrag war erledigt.

Und sein Plan hatte funktioniert ...

Es sah nicht gut aus, als Piper und Leo endlich den Dachboden betraten.

Der Verfolger-Dämon war weg.

Der Sandmann war weg.

Und Phoebe lag bewusstlos auf dem Boden!

Piper kniete sich sofort neben ihre Schwester, während Leo länger brauchte, um sich mit seinem Schwangerschaftsbauch auf den Boden zu setzen.

Dann legte er seine Hand über Phoebes Wunde. Mit einem goldenen Licht setzte der Heilungsprozess ein.

Aber irgendetwas war nicht in Ordnung.

Normalerweise dauerte der Vorgang nur ein paar Sekunden – doch jetzt zog er sich hin.

»Was ist los?«, fragte Piper verstört.

»Ich weiß es nicht«, gab Leo zu und verstärkte seine Bemühungen.

Piper sah sich derweil auf dem Dachboden um. Am anderen Ende sah sie den Kettensägen-Killer liegen. Etwas Seltsames fiel ihr ins Auge.

»Er hat die gleiche Wunde wie Phoebe.«

Zu mehr Erkenntnissen kam sie nicht, denn Paige, die ihnen inzwischen gefolgt war, unterbrach sie in ihren Gedanken. »Was ist passiert?«

»Wir wissen es nicht«, antwortete Piper. »Hast du deinen Clown eingesperrt?«

»Habe ich«, erwiderte Paige pikiert. »Und deinen auch.«

Die Schwestern tauschten giftige Blicke aus.

»Was diesen Typen angeht ...«, begann Leo.

»Etwas mehr heilen und weniger quatschen, bitte«, wies Piper ihren Ehemann an, in der Hoffnung, die Diskussion über Ryder auf später verschieben zu können.

Leo konzentrierte sich wieder auf seine Schwägerin.

Endlich begann die Wunde, sich zu schließen. Sogar das Gewebe des Pullovers zog sich zusammen, bis es aussah, als sei nichts geschehen.

Phoebe schlug die Augen auf und begann keuchend einzuatmen.

»Geht's?«, fragte Paige.

Phoebe nickte unsicher und rappelte sich auf. Ihr Blick fiel auf Leo und seinen Bauch. »Was ist denn nun passiert?«

Piper übernahm die Erklärung. »Wir sind alle von einer Überdosis Traumstaub erwischt worden.«

»Wo ist der Sandmann?«, wollte Paige wissen.

Phoebe deutete traurig auf ein kleines Häufchen goldener Asche – die letzten Überreste des freundlichen Wesens.

»Oh, nein«, flüsterte Paige.

Sie hatten es nicht geschafft. Ein Unschuldiger war ums Leben gekommen.

Doch es blieb keine Zeit, um zu trauern, denn in diesem Augenblick richtete sich der Körper des Kettensägen-Killers ruckartig wieder auf!

Er packte seine Kettensäge und zog die Anlasser-Schnur. Röhrend machte sich das Mordwerkzeug bemerkbar.

Die Schwestern standen auf und gingen ein paar Schritte zurück.

»Wie ist der denn hierher gekommen?«, fragte Paige.

»Ich denke mal als Begleiter des Verfolger-Dämons«, mutmaßte Phoebe.

»Wollen wir doch mal sehen, was der aushält«, knurrte Piper und hob die Hände. Ihre Kräfte waren stark genug, um die meisten bösen Wesen in die Luft zu sprengen.

»Nein!«, rief Phoebe und fuhr ihrer Schwester in die Parade. »Wir sind verbunden – was ihm passiert, passiert auch mir!«

Paige war es, die die Initiative ergriff. Sie packte sich die kleine Holzkiste mit den Bannkristallen. »Dann lauf los, Phoebe! Er wird dir folgen – wir treffen uns unten im Wintergarten.«

»Ich soll was machen?«, fragte Phoebe entsetzt.

»Sie hat Recht«, rief Piper noch, bevor sie und Leo von Paige nach unten teleportiert wurden.

Phoebe sah den Killer, der mit der knatternden Kettensäge auf sie zukam, und hielt das alles für gar keine so gute Idee. Es war einer jener Momente, in denen sie Paige um ihre Teleportationskräfte beneidete.

Aber es half alles nichts – da musste sie jetzt durch. Auf dem Absatz drehte sie sich um und stürmte aus der Tür in Richtung Treppe. Der Killer blieb ihr knapp auf den Fersen.

Phoebe konnte nicht anders. Sie kreischte, als sie die Treppe hinunterlief.

Sie war froh, wenigstens keine hochhackigen Schuhe zu tragen. Ein Stolperer auf dem glatten Parkett hätte ihr Ende bedeutet.

Sie rutschte um die Ecke zum Wintergarten.

Als der Killer den Raum betrat, schnappte die Falle zu.

Piper, Paige und Leo, die sich versteckt hatten, legten die drei Bannkristalle auf den Boden. Die Verbindungslinien des Dreiecks würden den Kettensägen-Killer gefangen halten.

Ein magisches Licht blitzte auf, und eine Pyramide aus leuchtenden Strahlen fing den Mörder ein wie in einem Käfig.

Phoebe blieb stehen und atmete tief durch.

Jetzt sah sie, dass auch Ryder und Slappy im Wintergarten von Kristallen gefangen gehalten wurden. Paige hatte also ganze Arbeit geleistet.

Es war schon bizarr – ein Playboy, ein Clown und ein Typ mit Maske. Ein solches Panoptikum bekam man normalerweise nur im Zirkus zu sehen.

Der Kettensägen-Killer schien sich mit seinem Schicksal nicht abfinden zu wollen und sägte an den Lichtstrahlen herum.

»Wer ist denn dieser Clown?«, fragte Slappy, der Clown, mit Blick auf den Killer.

»Und wer ist dieser scharfe Typ hier?«, wollte Phoebe wissen, als sie Ryder sah.

»Das interessiert mich auch«, knurrte Leo.

»Ich bin der Mann aus Pipers Träumen«, erklärte Ryder ganz unbefangen.

Paige und Phoebe fielen fast die Kinnladen herunter, und Leo machte ein Gesicht, als habe er in eine Zitrone gebissen.

Piper wurde aschfahl. »Das stimmt nicht! Na ja ... so zumindest nicht. Also, er ist nicht ... ich meine, er ist natürlich schon ... aber wir haben nie ... echt!«

»Vielleicht sollten wir das im Nebenzimmer besprechen«, schlug Paige vor.

Angesichts der drei Gegner griffen auch die anderen Zauberhaften den Gedanken auf. Alle gingen ins Wohnzimmer.

Bevor Paige den Wintergarten verließ, hörte sie Slappy zischeln: »Hey, Paige!«

Sie drehte sich um. Es war seltsam – so oft hatte sie mit ihm gesprochen, und doch war es nun etwas völlig anderes.

»Ziemlich kümmerlich, findest du nicht?«, fragte Slappy mit einem fiesen Grinsen und deutete auf die Party-Dekoration. »Es bringt doch nichts – die Gäste werden trotzdem verschwinden.«

Dann lachte er.

Paige wollte sich das nicht anhören.

Sie drehte sich um und folgte den anderen.

16

»DAS IST DOCH ALLES TOTAL VERRÜCKT«, fasste Phoebe die Gedanken aller Anwesenden zusammen.

»Was machen wir denn jetzt?«, fragte Paige.

»Ich habe dem Sandmann ein Versprechen gegeben«, erklärte Phoebe. »Und das werde ich auch halten.«

»Wir bleiben bei unserem ursprünglichen Plan«, schlug Piper vor. »Wir locken den Verfolger-Dämon hierher.«

»Toller Plan«, grummelte Leo. »Wenn deinem Lover da draußen was passiert, bist du auch tot.«

»Das ist mir klar«, giftete Piper. »Und reg dich nicht so auf – das ist nicht gut für das Baby.«

»Er hat aber leider Recht«, sagte auch Phoebe.

»Der Verfolger-Dämon wird sowieso wieder hier auftauchen«, bestätigte Paige.

»Wir brauchen also schnell einen neuen Plan«, sagte Piper. »Hat jemand einen Vorschlag?«

»Wir könnten uns ja selber mit einem Schlafzauber ins Reich der Träume schicken – und unsere Gegner dort bekämpfen«, meinte Phoebe.

»Wie bitte?«, fragte Paige ungläubig.

Phoebe nickte entschlossen. »Das hat der Sandmann doch gesagt. Wenn es uns gelingt, uns den Träumen zu stellen, sie zu entschlüsseln – dann werden sie verschwinden.«

»Das dürfte in Pipers Fall ja nicht schwer sein«, knurrte Leo. »Sie will ja nur mit einem anderen Mann schlafen!«

»Wenigstens behandelt er mich nicht wie einen wandelnden Brutkasten!«, zischte Piper zurück. »Offensichtlich ist das ja *dein* Traum!«

»Könnt ihr das nicht später klären?«, sagte Paige genervt.

»Nein!«, ging Phoebe dazwischen. »Das ist genau richtig.

Je mehr wir uns diesen Sachen stellen, desto größer ist unsere Chance.«

»Ich weiß jedenfalls nicht, was der Clown bedeuten soll«, erklärte Paige resolut.

»Irgendwas muss er aber bedeuten«, neckte Phoebe.

»Es ist immer dasselbe«, rekapitulierte Paige. »Ich will dem Baby den Clown geben, und dann gehen alle weg – und ich fühle mich furchtbar allein.«

»Du musst die Sache durchziehen«, vermutete Phoebe. »Beim nächsten Mal solltest du dem Kind den Clown geben, und dann werden wir sehen, was passiert.«

Sie wandte sich an ihre andere Schwester: »Das gilt auch für dich, Madame. Du hast dir diesen Traumtypen erschaffen, damit er dich ... verführt. Also lass es zu.«

»Was?«, rief Leo empört.

»Ups«, machte Phoebe, der gerade klar wurde, dass ihr Schwager diese Idee wohl nicht so toll finden würde.

»Entspann dich«, kicherte Paige. »Mädels träumen ständig so einen Kram.«

Phoebe sah das zwar anders, aber sie nickte trotzdem.

Piper beschloss, das Gespräch in eine andere Richtung zu lenken. »Und Phoebe, wer ist bei dir der Mann hinter der Maske?«

»Ist das nicht offensichtlich?«, entgegnete die junge Hexe. »Es muss Cole sein.«

»Ich dachte, über den wärst du weg«, wunderte sich Piper.

»Tagsüber bin ich das auch«, bestätigte Phoebe. »Aber wie es aussieht, arbeitet mein Unterbewusstsein wohl doch noch an der Sache rum.«

»Was ist mit meinem Traum?«, fragte Leo.

Piper sah ihn etwas genervt an. »Liebling, wir haben drei schwer wiegende Traumata zu verarbeiten und einen Verfolger-Dämon zu besiegen. Deine Mammi-Papi-

Probleme können wir sicher auch später noch besprechen.«

»Du musst uns beschützen, wenn wir schlafen«, erklärte Phoebe. »Wir müssen jederzeit wieder mit dem Verfolger-Dämon rechnen.«

Sie sah ihre Schwestern an: »Könnt ihr euch um den Schlafzauber kümmern?«

Paige nickte entschlossen: »Schon dabei.«

»Und was machst du?«, wollte Piper wissen.

Phoebe stand auf. »Ich hole den Traumstaub. Wie es scheint, war der Sandmann daraus gemacht.«

Der Gedanke, sich mit den Überresten eines magischen Wesens bestreuen zu lassen, behagte niemandem.

17

DER VERFOLGER ZOG LÄSSIG AN SEINER ZIGARRE.

Er gönnte sich immer eine Zigarre, wenn er einen Auftrag erledigt hatte.

Eyrul erschien und war überrascht, den Dämon so gelassen vorzufinden.

»Was machst du hier?«, fragte er, bevor ihm ein Licht aufging. »Du hast es geschafft, stimmt's?«

Der Verfolger blies genüsslich Rauch aus und lächelte. »Ich habe es geschafft. Und noch mehr: Ich habe mir ein paar Gedanken gemacht.«

»Über was?«, fragte Eyrul wenig interessiert.

»Über deinen Plan, die Größten der Unterwelt zu beeindrucken. Ich glaube, es gibt eine bessere Methode.«

Eyrul blickte verächtlich auf den Verfolger herab: »Wirklich?«

»Sandmänner töten ist ja ganz nett«, erklärte der Verfolger, »aber die Vernichtung der Zauberhaften bringt doch sicher erheblich mehr Prestige.«

Eyrul winkte ab. »Wenn das möglich wäre, wäre es schon längst passiert.«

Er kannte die Geschichten von all den Legionen, die gegen die drei attraktiven Schwestern angetreten waren – und schmachvoll verloren hatten.

»Darum habe ich mich bei denen ja auch erst sehen lassen, nachdem ich sicher sein konnte, dass eine von ihnen kampfunfähig ist«, gab der Verfolger zu. »Das brachte mich auf den Gedanken, dass sie momentan verletzlicher sind als sonst. Schließlich laufen ihre Träume frei herum. Es gibt also eine Chance, die Herrscher der Hölle *wirklich* zu beeindrucken.«

Eyrul dachte einen Moment lang nach. Was der Verfolger-Dämon da sagte, ergab Sinn. Die Halliwell-Hexen waren momentan wirklich nicht in Topform. Vor seinem geistigen Auge konnte Eyrul schon sehen, wie er in der Höllenhierarchie bis an die Spitze aufstieg.

Es war perfekt!

»Was willst du dafür von mir?«, fragte er den Verfolger.

Es war eine fast beiläufige Handbewegung, mit der der Verfolger den starken blauen Blitz aus seiner linken Hand abschoss, während er mit der rechten die Asche von seiner Zigarre tippte.

Eyrul wurde getroffen und binnen Sekunden verbrannte sein Fleisch. Nur wenige Knochen fielen auf den Boden.

»Ich will, dass du dich raushältst«, knurrte der Verfolger und nahm noch einen tiefen Zug von der Zigarre.

Gerade hatte er die nächste Stufe der Hierarchie erklommen.

Die Sonne war untergegangen und der Mond stand am Himmel über San Francisco. Die Wirkung des Kaffees, den Piper den ganzen Tag über verteilt hatte, ließ deutlich nach. Kein Wunder – irgendwann konnte auch die dreifache Dosis Koffein den Schlafmangel nicht mehr ausgleichen.

Leo setzte sich ächzend auf die Couch im Wohnzimmer. Er hätte nie gedacht, dass es so schwer sein würde, ein Kind im Bauch mit sich herumzutragen. Er bekam eine Menge Respekt gegenüber Piper.

Die Sache mit diesem Ryder machte ihm allerdings zu schaffen. Er hatte immer gedacht, dass Piper den inneren Werten den Vorzug gab. Was fand sie bloß an diesem gelackten Schnösel?

Sein Kopf sank langsam zur Seite und er döste weg.

Binnen Sekunden begann er zu träumen.

Es war der gleiche Traum wie sonst auch.

Er war im Halliwell-Haus. Die Farben waren dumpf, und die Bewegungen schienen abgehackt. Er hatte das Baby nicht auf dem Arm, sondern bewegte sich auf das Kinderzimmer zu, in dem die Wiege stand.

»Ich möchte es doch nur mal halten«, hörte er sich sagen, während er durch die offene Tür schlich.

Aus dieser Perspektive war das Kind nicht zu sehen. Dafür drehte sich das Mobile, das leise eine Melodie abspielte.

Leo beugte sich über die Wiege und nahm das kleine, in Decken gewickelte Bündel hoch.

Er blickte es an.

Lächelte.

»Ich hab dich, Kleines«, flüsterte er.

Und dann tatschte ihm Paige rüde auf die Schulter: »Leo, komm hoch!«

Mühsam fand der Wächter des Lichts wieder in die Realität zurück. Komischerweise fühlte er sich nun besser, weil er zumindest im Traum gesehen hatte, dass es dem Kind gut ging.

Er folgte Paige ins Wohnzimmer, wo Phoebe und Piper schon warteten. Phoebe hatte die Überreste des Sandmanns in eine kleine Schale gefegt.

»Wir sollten nicht zu viel davon benutzen«, erklärte sie, »sonst kommen noch mehr unserer unbewussten Probleme ans Licht.«

»Ist es wirklich eine gute Idee, sich schlafen zu legen, wenn da draußen der Verfolger frei herumläuft?«, fragte Paige skeptisch.

Statt zu antworten, ging Phoebe zu der Tür, die zum Wintergarten führte. Sie machte sie einen Spalt breit auf, damit Paige noch einmal einen Blick auf den Clown, den Killer und den Playboy werfen konnte. Sie schienen sich in ihren magischen Käfigen sichtlich zu langweilen.

»Piper, ich brauche dich!«, rief Ryder.

»Paige, lass uns kräftig Party machen«, kreischte Slappy, während er ungestüm hin und her tanzte.

Phoebe schloss die Tür wieder.

Auch Paige sah ein, dass etwas getan werden musste. »Bringen wir es hinter uns.«

Die Schwestern setzten sich nebeneinander auf das große Sofa.

»Weiß jede von euch, was zu tun ist?«, fragte Leo erneut.

»Ich muss herausfinden, warum ich diese Leere fühle«, seufzte Paige.

»Ich muss mich meinem Verlangen hingeben ...«, begann Paige. Leo schnitt ihr mit einer Handbewegung das Wort ab. So genau wollte er es gar nicht wissen.

»Ich brauche den Mut, meinem Killer gegenüberzutreten«, erklärte Phoebe.

Leo nickte.

Paige nahm den Notizblock, auf dem sie den Zauberspruch aufgeschrieben hatten. Es war ein einfacher Zweizeiler.

Gemeinsam sprachen sie den Text:

»In Morpheus' Armen ruht das wahre Glück,
drum bring den Schlaf uns schnell zurück.«

Sie hatten das letzte Wort kaum gesprochen, da fielen die Zauberhaften schon in Ohnmacht. Die weichen Polster des Sofas fingen sie auf.

Sie waren eingeschlafen.

Leo trat näher an die Schwestern heran. In der einen Hand hielt er das Schüsselchen mit dem Traumstaub und streute mit der anderen etwas davon über die Hexen.

Er konnte nur hoffen, dass der Plan funktionierte.

18

*E*S WAR DER KELLER DES HAUSES, wie immer. In schwarzweiß, wie immer. Phoebe konnte ihren hektischen Atem hören, sie spürte sogar ihr Herz schlagen.

Und zwar sehr schnell.

Die Glühbirne an der Decke pendelte leicht hin und her, was die Schatten im Keller gespenstisch verfremdete. Alles war hochgradig gruselig.

»Ich weiß, dass du hier bist!«, rief sie, in der Hoffnung, furchtlos zu klingen. »Das bist du doch immer!«

Sie drehte sich im Kreis.

Es lief nicht gut.

Sie sollte ihrer Angst furchtlos entgegentreten.

Aber sie zitterte wie Espenlaub.

Dann ging die Kettensäge hinter ihr los.

Mit einem Schrei fuhr Phoebe herum – der Killer stand kaum einen Meter entfernt hinter ihr!

»Ich habe keine Angst«, flüsterte die junge Hexe tapfer, »ich habe keine Angst.«

Dann drehte sie sich um und gab Fersengeld.

Traum hin, Traum her, sie konnte kaum klar denken vor schierer Angst.

Paige stand wieder im *P3*, eingeklemmt zwischen all den attraktiven jungen Frauen, die dem Baby ihre Aufwartung machen wollten. Und wie in jedem dieser Träume drehten sich die Frauen auf einmal um, ließen ihre Päckchen fallen, und verließen den Raum.

Paige blieb alleine zurück, mit Slappy im Arm.

»Ihr habt doch das Baby noch gar nicht gesehen!«, rief sie verzweifelt.

»Du aber auch nicht«, zischte Slappy plötzlich. »Dafür bist du doch gekommen, oder?«

Paige sah ihre Lieblingspuppe entsetzt an. Kein Zweifel, Slappy hatte gesprochen.

Vorsichtig tastete sie sich durch die achtlos weggeworfenen Geschenke zur Wiege vor, die direkt auf der Tanzfläche stand.

»Trau dich«, höhnte Slappy.

Während Paige langsam vorwärts schritt, begann die Wiege sich langsam hin und her zu bewegen. Sachtes Babygeschrei ertönte.

Nach zwei weiteren Schritten konnte Paige endlich einen Blick auf das Baby werfen.

Es war ein Mädchen.

Obwohl das kleine Bündel einen Strampler trug, war dies klar zu erkennen.

Denn die beigelegte Babydecke trug einen eingestickten Namen.

Paige Matthews.

Paige hielt den Atem an.

Das Kind – das war sie selbst?

Sie nahm das kleine Mädchen, das sich unruhig hin und her wälzte, auf den Arm.

Sofort war die kleine Paige ruhig.

Sie lächelte sogar.

19

PAIGE ÖFFNETE DIE AUGEN.

Leo stand vor ihr. »Bist du okay?«

Sie antwortete nicht, sondern stand auf und ging zu der Tür des Wintergartens.

Noch standen dort die drei Traumfiguren.

Aber etwas schien sich zu verändern.

Slappy löste sich auf.

Seine Gestalt wurde durchsichtig. Paige konnte erkennen, dass er ihr noch einmal zuwinkte. Sie tat es ihm gleich.

Dann war er verschwunden.

Die magische Barriere hob sich.

»Das Baby in der Wiege war ich selbst«, flüsterte sie, während Leo hinter ihr stand. »Es gab nie eine Baby-Feier, weil meine Existenz geheim gehalten werden musste. Darum habe ich versucht, es an eurem Baby wieder gutzumachen.«

Leo legte ihr die Hand auf die Schulter. »Diesmal wird es anders sein. Und nun holen wir seine Mutter ins Leben zurück.«

Paige nickte ergriffen und folgte Leo zum Sofa.

Langsam begann die Saxophonmusik Piper auf die Nerven zu gehen. Auch der ständige Windhauch, der ihre Haare umwehte.

Aber Ryder – Ryder war immer noch toll. Strahlend schön wie ein griechischer Gott stand er vor ihr. Er streckte seine Arme aus.

»Ryder nicht«, sagte sie schwach, »ich bin doch verheiratet!«

»Nicht in deinen Träumen«, flüsterte der Beau und küsste zärtlich ihren Nacken.

Piper sah nur noch Sterne. Das tat aber auch so gut!

Ihr Atem ging deutlich schneller, als sie noch einmal versuchte, sich von ihm wegzudrücken.

»Hab keine Angst«, flüsterte er, »du willst es doch auch.«

Gegen dieses Argument konnte Piper leider nichts vorbringen. Denn sie wollte es tatsächlich.

Und so sank sie in seine starken Arme, gab sich ganz seinem sanften Kuss hin, der langsam fordernder wurde.

Seit Ewigkeiten hatte sich Piper nicht mehr so begehrt gefühlt.

Als ihr Liebhaber den Kuss sacht löste und sie sein Gesicht sehen konnte – war es Leo. Er sah im Smoking einfach umwerfend aus.

Er lächelte sie an.

Sie lächelte zurück.

Die Musik spielte weiter.

Piper grinste zufrieden, und Leo wusste nicht, wie er das deuten sollte. Hatte sie im Traum gerade Sex mit diesem ... diesem Ryder? Die Vorstellung machte ihn krank vor Eifersucht, auch wenn das für einen Wächter des Lichts eine außerordentlich ungewöhnliche Emotion war.

Paige kam auf die Idee, noch einmal im Wintergarten nachzusehen und Leo folgte ihr.

Tatsächlich – auch Ryder löste sich nun langsam auf. Er winkte Leo ein letztes Mal zu, und sein Lächeln wirkte sympathisch.

»Was ist geschehen?«, fragte Leo. »Wo ist Pipers Traummann hin?«

»Er ist nirgendwohin«, sagte die Stimme seiner Frau aus dem Wohnzimmer. Piper trat neben ihn. »Er war die ganze Zeit hier.«

Sie küsste ihn zärtlich – es war einer dieser Küsse, die alles wieder gutmachten.

»Ich habe von dir geträumt«, flüsterte sie. »Von uns. Davon, wie es früher war. Ich möchte, dass es wieder so wird. Es darf nicht verloren gehen, nur weil wir verheiratet sind und ein Baby erwarten.«

Leo blickte seine Frau überglücklich an. »Das wird es nicht – versprochen.«

Sie küssten sich noch einmal.

»Leute«, ermahnte sie Paige, »wir sollten aufpassen. Phoebe sieht nicht gut aus.«

Piper und Leo kehrten ins Wohnzimmer zurück.

Paige hatte Recht.

Phoebe zitterte und wälzte sich hin und her. Schweiß stand auf ihrer Stirn.

Was zur Hölle träumte sie bloß?

20

*D*er Sperrmüll im Keller war mittlerweile säuberlich zerlegt. Die Kettensäge des Killers hatte auch mit den Regalen und Kisten kurzen Prozess gemacht.

Es war Phoebe gelungen, immer wieder in letzter Sekunde auszuweichen, aber sie wurde das Gefühl nicht los, dass der Killer nur mit ihr spielte.

Natürlich ergab das Sinn. Das Unterbewusstsein wollte sie ja nur quälen, nicht töten. Nur der Killer in der realen Welt wollte das. Und sie musste sich darauf einstellen.

Phoebe spurtete die Kellertreppe hinauf. Vielleicht gab es da oben ja eine Möglichkeit, sich zu verstecken.

Es war vermutlich das Wort ›verstecken‹, das in ihrem Kopf etwas auslöste.

Sie durfte sich nicht verstecken!

Sie durfte nicht weiter weglaufen!

Am obersten Treppenabsatz blieb sie stehen.

»Du kannst das, Phoebe«, sprach sie sich selber Mut zu. »Du wirst das jetzt durchziehen.«

Sie drehte sich um.

Der Killer stand fünf Stufen unter ihr.

Phoebe packte das Treppengeländer und stieß beide Beine nach vorne.

Sie traf den Killer direkt auf der Brust. Er fiel nach hinten die Treppe hinunter und schlug hart auf.

So hart, dass sein Körper in drei Teile zerbrach!

Phoebe traute ihren Augen nicht. Am Fuß der Treppe rappelten sich nun drei Killer auf. Mit verschiedenen Waffen! Einer hatte die Kettensäge, der andere trug eine Axt und der letzte ein Knochenbeil.

Das war einfach nicht fair!

Phoebe schrie.

»Phoebe, was ist los?«, rief Piper ihrer schlafenden Schwester zu. Sie hoffte, dass sie Phoebe irgendwie erreichen konnte.

Aus dem Wintergarten erklang wieder die Kettensäge. Sicherheitshalber schauten Piper, Paige und Leo nach.

Es war kein schöner Anblick.

Irgendwoher hatte der Killer zwei Brüder bekommen, die mit Knochenbeil und Axt um seinen magischen Käfig herumstanden. Sie brauchten nur die Kristalle mit ihren Füßen zur Seite zu kicken, und schon war er frei.

Und das genau taten sie auch.

Eine schöne Bescherung.

Paige reagierte sofort: »Alle zurück ins Wohnzimmer!«

Mit ein paar Möbel verrammelten sie die Tür.

Paige erkannte, dass auch durch die große Schiebetür Gefahr drohte, denn das Killer-Trio brauchte nur den Umweg durch den Flur zu nehmen, um auch von dieser Seite angreifen zu können.

Kaum hatte sie sie zugeschoben, da säbelte auch schon auf der anderen Seite die Kettensäge daran herum.

Es war ein mühsamer und sinnloser Kampf.

Stühle, Tische, Regale – die drei schoben den Killern alles in den Weg, was greifbar war. Aber das Haus war keine Festung und Piper wusste, dass es nur eine Frage der Zeit war, bis die Gegner auf die Idee kamen, es vom Garten aus durch die Fenster zu probieren.

»Phoebe, jetzt komm endlich mit dir ins Reine!«, schrie Paige gegen den Lärm an.

»So langsam habe ich die Nase voll«, rief Piper und wollte instinktiv einen der Angreifer explodieren lassen.

»Nicht!«, ging Leo dazwischen. »Wir wissen nicht, was dann mit Phoebe passiert.«

21

PHOEBE HATTE ES BIS IN DIE KÜCHE des Halliwell-Anwesens geschafft. Die schwere Tür war zu, aber die Kettensäge hatte sich schon durchgebohrt.

Panik ergriff Phoebe. Sie zog sich in die hinterste Ecke der Küche zurück.

Kein Ausweg mehr.

Die drei Killer kamen zur Tür herein.

Das war es.

Das legendäre Ende der Fahnenstange.

In Phoebes Kopf raste alles durcheinander. Bis sich endlich ein Gedanke durchsetzte. Sie wollte wissen, mit wem sie es zu tun hatte.

Wenn es Cole war, wollte sie wenigstens mit dieser Gewissheit sterben.

Diese Idee gab ihr Mut – den Mut der Verzweiflung.

Sie stützte beide Hände auf die Tischplatte und trat mit voller Kraft nach links aus. Der Killer mit der Axt wurde nach hinten geschleudert.

Von rechts kam der Killer mit dem Knochenbeil. Aber um Phoebe wirklich zu verletzen, musste er damit weit ausholen.

Sie nutzte ihre Chance. Blitzschnell griff sie nach vorn und riss dem Angreifer die Maske vom Kopf.

Das Gesicht, das nun zum Vorschein kam, war das einzige, mit dem sie am wenigsten gerechnet hätte.

Denn es war ihr eigenes.

»Oh, mein Gott«, flüsterte Phoebe.

Auch bei den anderen beiden Angreifern lösten sich die Masken auf, und zwei weitere Phoebes wurden sichtbar.

»Phoebe, du musst dich jetzt wirklich beeilen«, rief Paige verzweifelt.

Sie, Piper und Leo waren bis an das Sofa zurückgedrängt worden. Die drei Killer schwenkten bedrohlich ihre Waffen. Es sah nicht gut aus.

Doch so schnell der Spuk gekommen war, so schnell verschwand er auch wieder.

Plötzlich lösten sich die drei Killer auf.

»Wo sind sie hin?«, fragte Piper, auch wenn sie es nicht wirklich wissen wollte. Ihr reichte völlig, dass sie weg waren.

Mit einem Seufzen wachte Phoebe auf.

Begeistert ließ sich Paige neben sie auf die Couch fallen und drückte ihre Halbschwester: »Es hat geklappt – du hast sie besiegt!«

»Nicht wirklich«, murmelte Phoebe verwirrt, aber glücklich. »Ich habe sie nur demaskiert – oder besser gesagt, mich selbst.«

»Du warst es selbst?«, fragte Piper ungläubig.

»So sieht's aus«, bestätigte Phoebe. »Ganz schön egoistisch.«

»Und ich dachte schon, meine Clown-Story wäre bizarr gewesen«, meinte Paige.

»Was war denn *hier* los?«, fragte Phoebe.

»Nicht viel«, log Leo. »Wir haben nur ein bisschen auf dich aufgepasst.«

»Moment mal«, unterbrach Piper. »Wieso warst du der Killer? Hattest du nicht Cole in Verdacht?«

Phoebe nickte. »Das habe ich mir die ganze Zeit eingeredet. Aber als ich endlich nicht mehr wegrannte, sondern stehen blieb, fiel mir auf, dass ich die ganze Zeit nur vor mir selbst weggelaufen bin.«

Paige runzelte die Stirn. »Da komme ich jetzt nicht mehr mit.«

»Ein altes Problem«, gestand Phoebe. »Ich stehe mir selbst im Weg. Die Sache mit Cole hat mich so sehr belastet, dass ich mir unbewusst verbot, darüber hinwegzukommen.«

»Dann wird es aber Zeit«, stellte Piper fest.

»Wenigstens haben wir jetzt die ganze Sache hinter uns«, sagte Paige erleichtert.

In diesem Moment stöhnte Leo leicht auf und hielt sich den Bauch.

»Sie hat getreten«, verkündete er, mehr begeistert als erstaunt.

Damit war seine Schwangerschaft für ihn aber auch schon beendet. Sein Bauch begann zu schrumpfen – im gleichen Maße, in dem Pipers Umfang wieder zunahm: Nach drei Sekunden war alles wieder so, wie Mutter Natur es vorgesehen hatte.

»Und wieso ist *das* nun passiert?«, wollte der Wächter des Lichts wissen.

»Na ja«, mutmaßte Phoebe, »du wolltest doch dem Baby nahe sein.«

»Und das hast du erreicht«, vollendete Piper den Gedanken. »Jetzt möchte ich aber lieber meiner Frau nahe sein«, flüsterte Leo und küsste Piper zärtlich.

»Igitt«, flüsterte Phoebe kichernd und guckte weg.

Niemand bemerkte das schwarze Flimmern, in dem der Verfolger-Dämon sich im Zimmer materialisierte.

»Zeit zu sterben, Hexen«, schrie er theatralisch und holte zu einem Blitzschlag aus.

Dann hielt er inne – die Hexen sahen weder abgelenkt noch angeschlagen aus.

»Wo sind eure Träume?«, fragte er unsicher.

»Du bist spät dran«, erklärte Piper, und mit einer lässigen Handbewegung ließ sie den Lakaien der Hölle explodieren.

»Warum hast du das denn gemacht?«, fragte Paige. »Wir wollten doch wissen, für wen er arbeitet.«

Piper winkte ab. »Einer mehr oder weniger macht im Moment auch keinen Unterschied. Außerdem müssen wir alle dringend ins Bett. Ich will keine müden Gesichter bei meiner Baby-Party sehen!«

Phoebe und Paige nickten.

Es war Zeit, in die Federn zu kommen. Eine nach der anderen stieg die Treppe hoch und machte sich auf den Weg in ihr Schlafzimmer, um endlich die wohlverdiente Ruhe zu finden.

Bis die Zauberhaften wieder zu Kräften kamen, konnte die Dämonenwelt ruhig mal auf sie warten. Danach würden sie weitersehen.

Die göttlichen Drei
Teil 1

1

*H*EUTE SPIELTE IM *P3* keine Live-Band und so war der Club an diesem Abend nur halb voll. Die Musik ertönte im Hintergrund, damit die Gäste sich in Ruhe unterhalten konnten.

Und zwei der Gäste, die sich unterhielten, waren Phoebe Halliwell und Evan Summers.

Die junge Hexe setzte ihr breitestes Grinsen auf, und ihre schneeweißen Zähne funkelten makellos. »Ich bin *so* froh, dass mir Alice Ihre Telefonnummer gegeben hat. Sie sind perfekt!«

Evan lächelte etwas verlegen. »Perfekt ist ein bisschen übertrieben.«

»Ach, was«, winkte Phoebe begeistert ab. »Sie sehen super aus, sind charmant, haben Geschmack – und nach dem, was man so hört, verdienen sie ganz ordentlich.«

»Und Sie wissen sehr gut, wie man einen Mann um den Finger wickelt«, hielt Evan dagegen.

Phoebe wurde ein wenig rot. »Wenn es um bedürftige Kinder geht, kenne ich kein Pardon.« Sie sah ihn flehentlich an. »Bitte – machen Sie bei der Versteigerung für die Wohltätigkeitsveranstaltung mit! Es wird bestimmt spaßig.«

Evan ließ sich nicht so einfach ködern. »Spaß? Immerhin werde ich wie ein Stück Fleisch an die Meistbietende verhökert.«

»Sie müssen die Frau ja nicht gleich heiraten«, beruhigte ihn Phoebe. »Es geht nur um ein Abendessen – und eine steuerlich absetzbare Spende von Ihnen, die dem Gebot der Dame entspricht.«

Evan beugte sich etwas vor und flüsterte: »Wie stehen

die Chancen, dass eine gewisse Kolumnistin mitsteigern wird?«

Phoebe drehte den Kopf zur Seite und schob ihm das Formular zu. »Sie werden wohl unterschreiben müssen, um das herauszufinden«, flötete sie unschuldig.

Damit hatte sie ihn!

Evan schnappte sich den Stift und unterschrieb.

Innerlich machte Phoebe einen Freudensprung. Das halbe Dutzend war voll! Sie war wirklich sensationell, wenn es darum ging, Männer für die Auktion zu begeistern.

Natürlich hatte sie nichts anderes erwartet.

Phoebe war die Flirt-Königin. Nicht umsonst gab sie im *Bay Mirror* Ratschläge für verzweifelte Herzen.

Sie warf einen Blick zur Bar, wo Paige ebenfalls ihr Glück versuchte.

Leider entpuppte sich ihre etwas wirrköpfige Halbschwester als ziemliche Enttäuschung.

»Ich habe in Stanford Jura studiert«, sagte der muskulöse, gut aussehende Typ im weinroten Polo-Shirt.

Paige sah ihn nicht einmal an. »Ein Anwalt aus Harvard, schau an«, murmelte sie sichtlich gelangweilt.

»Stanford«, korrigierte der Typ, ebenfalls wenig begeistert.

»Darf ich Sie mal was fragen?«, platzte es plötzlich aus Paige heraus. »Haben Sie manchmal Träume vom Ende der Welt? So mit Jüngstem Gericht und allem, was dazugehört?«

Der junge Mann ging merklich auf Abstand. »Was soll denn die Frage? Wird das so eine radikal-religiöse Wohltätigkeitsveranstaltung?«

»Hä?«, machte Paige, die keine Ahnung hatte, was er damit meinte.

»Wird es nicht«, verkündete Phoebe mit fester Stimme,

während sie näher trat und den Arm um Paiges Kandidaten legte. »Es geht um Kinder.«

Aber es war schon zu spät. Es war klar zu erkennen, dass sich dieser Junggeselle auf keinen Vertrag einlassen würde. »Tut mir Leid, Mädels, aber das Ende der Welt muss vorläufig ohne mich stattfinden.«

Er nahm sein Bier und zog von dannen.

»Paige, du sollst die Jungs anflirten, nicht zu Tode erschrecken«, zischte Phoebe und setzte sich auf den frei gewordenen Barhocker neben ihre Halbschwester.

»Ich weiß«, seufzte Paige. »Ich bin wohl einfach nicht mehr in Form.«

»Nicht in Form?«, fragte Phoebe. »Hör mal, mein Freund ist nach Hongkong gezogen, und ich bin völlig am Boden zerstört. Trotzdem habe ich sechs Junggesellen an Land gezogen. Und du?«

Paige sah auf ihr Formular. »Exakt – keinen.«

»Keinen?«, hakte Phoebe verblüfft nach. »Ich weiß ja, dass du in einer schlechten Phase steckst, aber das schlägt dem Fass den Boden aus.«

Die letzten Monate waren für die Halliwell-Hexen wirklich ereignisreich gewesen.

Phoebe hatte endgültig mit Cole gebrochen – zwar erheblich zu spät, aber immerhin. Danach hatte sie sich in einen Kollegen beim *Mirror* verknallt, der prompt ein Angebot annahm, in Hongkong als Auslandskorrespondent zu arbeiten. Und auch Paige erging es nicht besser. Sie hatte mit Dave Schluss gemacht. Immerhin bevor sie auf die Idee gekommen war, ihm von ihren Hexenkräften zu erzählen.

Aber sie beide waren inzwischen stolze Tanten, denn Piper hatte vor ein paar Wochen ihren Sohn Wyatt zur Welt gebracht. Dieser Teil des Halliwell-Haushalts war also glücklich, auch wenn das Kind mitunter erstaunliche Kräfte zeigte. Kein Wunder – halb Hexe, halb Wächter des Lichts.

Was Magie anging, war momentan nicht viel los, darum hatte Phoebe auch die Idee gehabt, zusammen mit Paige, Junggesellen für die Versteigerung auf der großen *Bay-Mirror-Wohltätigkeitsfeier* zu rekrutieren. Aber so kaputt, wie Paige nun vor ihr saß, fand sie nicht mehr, dass das so eine gute Idee gewesen war.

»Ich habe in letzter Zeit ständig diese Träume«, murmelte Paige erschöpft. »Kriege, riesige Schlachten, seltsame Kräfte. Das macht mich echt fertig.«

Phoebe sah ein, dass ihre Halbschwester keine Kritik, sondern Verständnis brauchte. »Meinst du, die Träume wollen dir etwas sagen?«

Für die Halliwell-Hexen konnte dies durchaus zutreffen.

»Keine Ahnung«, erwiderte Paige deprimiert. »Es könnten auch bloß die Hormone sein. Oder es ist mein Unterbewusstsein, das mir etwas mitteilen will.«

Phoebe strich Paige sanft über die Wange.

Was immer es war, sie würden es schon in den Griff bekommen.

2

Es war eine einsame, kalte und leblose Welt. Eine Welt, die schlimmer war als eine der Höllendimensionen. Und doch war es ein Platz auf der Erde.

Der Ort lag irgendwo auf der Spitze des höchsten Berges einer von aller Zivilisation weit entfernten Bergkette. Hier oben lag immer Schnee, seit tausenden von Jahren, und die Temperaturen stiegen nie hoch genug, um Pflanzen oder Tieren ein Überleben zu ermöglichen.

Hier gab es nur Fels und Eis.

Zazul stapfte nervös in der Eisgrotte umher.

Er fror.

Denn auch Dämonen können frieren.

Genau genommen war das kein Wunder. Schließlich waren ihre Körper an die brütende Hitze der Hölle gewöhnt.

Auf dem Boden lagen die uralten Karten, die Zazul in diese Grotte geführt hatten. Eine Fackel steckte in der Wand aus fest gepresstem Schnee. Ihr Lichtschein wurde bläulich von dem Eis reflektiert und ließ die Grotte hell aufglitzern.

Es war Zeit.

Zazul hatte lange genug gefroren, bis er endlich fand, was er gesucht hatte.

Im trüben Eis waren zwei Gestalten zu erkennen, die regungslos seit einer Ewigkeit erstarrt waren. Sie besaßen menschliche Gestalt, waren dabei jedoch ungewöhnlich groß.

Zazul ging vor ihnen auf die Knie und zog ein altes Pergament aus der Manteltasche.

Es war ein Zauberspruch, den er mühsam in eine neuzeitliche Sprache übersetzt hatte. Das allein hatte ihn schon fast drei Jahrtausende gekostet.

Aber es war egal.

Schließlich hatten seine Fundstücke keine Eile. Wenn er sie in Ruhe lassen würde, müssten sie noch bis ans Ende der Welt hier im Eis ausharren.

So, wie es ja im Grunde auch vorgesehen war.

Zazul begann den Spruch zu rezitieren:

»Der ewige Schlaf, er sei nun beendet,
die Winde der Macht, sie haben gewendet.
Was einst euer war, wird wieder euer sein,
und wer euch vergällt, den erwartet nur Pein.«

Einen Moment lang geschah nichts. Dann war ein Knacken zu hören. Das Eis brach. Der Fels krachte. Ohrenbetäubender Lärm schwoll an.

Die Explosion kam so plötzlich, dass Zazul nicht einmal mehr dazu kam, die Hände schützend vor das Gesicht zu halten. Ein Sturm aus Eis und Dreck fegte ihn durch die Grotte, bis er am Ende an der Wand liegen blieb.

Zwei Gestalten, die endlich aus ihren Gefängnissen befreit waren, bewegten sich auf ihn zu. Sie waren groß und schön von Gestalt. Ihre athletischen Körper steckten in goldverzierten Kleidern und an ihren Handgelenken trugen sie schwere Armbänder.

Ein Mann und eine Frau.

Dimitrios und Meta.

Die Titanen.

Zazul rappelte sich auf. Er konnte es kaum fassen.

Es hatte funktioniert!

Fast tausend Jahre lang hatte er geforscht, um den Aufenthaltsort der verbannten Titanen ausfindig zu machen, und fast genauso lange, um einen Weg zu finden, sie zu befreien.

Dimitrios und Meta sahen sich an und dann die kleine hässliche Gestalt zu ihren Füßen.

»Wie lange waren wir gefangen?«, knurrte Dimitrios.

»Mehr als dreitausend Jahre«, hauchte Zazul ehrfürchtig.

»Was?!«, zischte Meta wütend und augenblicklich entzündeten sich die auf dem Boden liegenden Pergamente. Sie beruhigte sich wieder, und die Flammen erstarben. Dimitrios lächelte. So hatte er Meta in Erinnerung. »Wer bist du?«

»Ich bin der Dämon, der Jahrtausende damit zugebracht hat, einen Weg zu finden, euch zu befreien«, erklärte Zazul stolz. »Als Dank dafür erwarte ich eure Hilfe.«

Dimitrios und Meta reagierten nicht, und so fuhr Zazul fort: »Es war nicht einfach, aber ich wurde von einer Vision getrieben. Mit eurer Hilfe würde es mir gelingen, Ruhm und Macht zu erlangen! Ich werde die Hölle regieren!«

Dimitrios hob fast gelangweilt den Arm, und ein mächtiger Blitz verbrannte den kleinen größenwahnsinnigen Dämon innerhalb von Sekunden zu einem Häufchen Asche.

»Ich liebe es, wenn du so unerwartet deine Macht demonstrierst«, schnurrte Meta beeindruckt.

Dimitrios zog sie an sich und küsste sie hart auf den Mund. »Wir müssen Kronos finden und befreien.«

Damit verdarb er seiner Gefährtin gleich wieder die Laune. »Muss das sein? Du weißt, dass er furchtbar wütend sein wird.«

»Das hoffe ich sogar«, grinste Dimitrios.

3

»IM NAMEN VON ALLEM, was gut und gerecht ist«, stöhnte Phoebe, »warum haben wir uns nie eine Klimaanlage angeschafft?«

Sie ging zur Terrassentür und schwang diese ein paar Mal auf und zu.

Piper saß gelassen auf dem Rattansofa und blätterte in der Post. »Weil wir in San Francisco leben, wo es selten wärmer als fünfundzwanzig Grad wird.«

»Heute sind es aber dreiunddreißig Grad«, nölte Phoebe und schenkte sich noch ein Glas Limonade aus der Karaffe ein. »Können wir nun eine einbauen lassen?«

»Wir könnten«, gab Piper zu, »wenn da nicht dieser kleine unerwartete Posten bei den monatlichen Ausgaben aufgetaucht wäre.«

Sie reichte ihrer Schwester die Telefonrechnung.

Phoebe war einen Blick darauf – und wurde blass. »Ja ... ähm ... das sind in der Tat viele Anrufe nach Hongkong gewesen.«

»Sehr viele«, korrigierte Piper munter.

»Okay, bevor du jetzt ausrastest«, sagte Phoebe hastig und nahm auf einem der Sessel Platz, »ich versuche gerade herauszufinden, wie das mit Jason und mir weitergehen soll. Und dafür muss ich natürlich mit ihm reden.«

Sie wartete einen Augenblick lang auf eine Reaktion.

Keine kam.

»Wirst du irgendwas nach mir schmeißen?«, hakte Phoebe unsicher nach.

»Aber nicht doch«, winkte Piper ab. »Es ist zwar eine Wahnsinnsrechnung, aber wenn man zwischen Liebe und Klimaanlage wählen muss, sind die Prioritäten doch klar.«

Phoebe kniff die Augen zusammen. »Okay – wer bist du, und was hast du mit meiner Schwester gemacht?«

Sie konnte es einfach nicht fassen, dass Piper so gelassen reagierte.

»Ich bin einfach gut gelaunt – ist das schlimm?«, wollte Piper wissen.

Phoebe schüttelte entschieden den Kopf. »In dieser Hitze wäre nicht einmal *Mary Poppins* gut gelaunt.«

Piper legte den Kopf schräg. »Na ja, Wyatt schläft endlich durch, mein Hormonspiegel hat sich normalisiert, und Leo und ich ...«

»... sind wieder scharf aufeinander«, vollendete Phoebe grinsend den Satz.

Sie freute sich wirklich. Die letzten Monate waren für das junge Paar nicht leicht gewesen, für Intimitäten hatte es weder Zeit noch Raum gegeben.

»So kann man das sagen«, erwiderte Piper genüsslich.

»Klasse«, lobte Phoebe. »Oh, Mann, ich vermisse Sex!«

»Tja, das Leben ist momentan wirklich gut zu mir«, setzte Piper noch eins drauf.

»Wo ist denn mein Schwager und sein anbetungswürdiger Nachwuchs?«, wollte Phoebe wissen.

»Sie sind einkaufen«, erklärte Piper. »Wir sind zum Geburtstag von Darryls Sohn eingeladen.«

»Wow, du bist ja jetzt eine richtige Hausfrau und Mutter«, sagte Phoebe anerkennend. »Man könnte das fast schon ein normales Leben nennen.«

»An dieser Hitze ist doch nichts normal«, stöhnte Paige, die gerade ins Zimmer kam.

»Guten Morgen, Sonnenschein«, rief Phoebe bewusst enthusiastisch.

»Spar dir die Sprüche«, winkte Paige ab, »bevor ich meinen ersten Kaffee getrunken habe, hat das keine Wirkung.«

»Was willst du schon gegen das Wetter machen?«, fragte Piper. »Mutter Natur beschwören – und dich bei ihr beschweren?«

Paige hob abwehrend die Hand. »Das werde ich bestimmt nicht mit dir ausdiskutieren. Du bist viel zu gut gelaunt.«

»Du glaubst, das Wetter hat dämonische Ursachen?«, hakte Phoebe ungläubig nach.

»Ich weiß es nicht«, gab Paige zu. »Aber seit einer Woche wache ich immer mit diesen wilden Träumen auf, in denen es Pech und Schwefel regnet, wenn ihr versteht, was ich meine.«

»Du bekommst doch hoffentlich keinen Größenwahn und denkst, es hätte etwas mit dir zu tun?«, wollte Piper wissen. »Zum Glück gibt es Medikamente dagegen.«

»Ich behaupte doch gar nicht, dass meine Träume die Hitze auslösen!«, rief Paige verzweifelt. »Ich weiß auch nicht, was ich eigentlich sagen will.«

»Du solltest einfach mal wieder ein bisschen mehr unter Leute gehen«, riet Phoebe.

»Das ist es nicht«, verteidigte sich Paige. »Das ist kein emotionales Problem. Ich glaube wirklich, dass es was mit ... mit ...«

»... Magie zu tun hat«, half Piper aus.

»Genau«, bestätigte Paige. »Ich will euch ja nicht den Tag verderben, aber ich werde meine Nase mal in die Bücher stecken, um herauszufinden, was zur Hölle da los ist.«

Sie drehte sich um und machte sich auf den Weg zum Dachboden.

Als sie außer Hörweite war, fragte Phoebe: »Sollten wir uns Sorgen machen?«

»Ich glaube nicht«, antwortete Piper. »Aber es wäre wirklich besser, wenn Paige nicht immer nach Ärger suchen würde. Denn bei ihrem Glück findet sie ihn.«

Da konnte Phoebe nur zustimmen.

4

Dimitrios und Meta hatten dank ihrer Kräfte nicht lange gebraucht, um Kronos zu finden. Genau wie sie war er in einem Eisblock gefangen gewesen. Sie hatten das kalte Grab auf einer Hochebene gefunden, ein paar hundert Kilometer von der Eisgrotte entfernt, in der sie eingesperrt gewesen waren.

Mit Hitzestrahlen schmolz Dimitrios den Schnee weg, der sich über den Eisblock gelegt hatte. Langsam kamen die Umrisse des mächtigsten Titanen zum Vorschein. Seine Augen waren offen, als würde er alles sehen, was um ihn herum geschah.

»Da ist er«, flüsterte Dimitrios. »So rachsüchtig wie eh und je.«

»Ein weiterer Grund, seinen Schlaf nicht zu stören«, zischte Meta und legte eine Hand auf die Schulter ihres Gefährten.

»Hüte deine Zunge«, ermahnte Dimitrios sie.

»Wir brauchen ihn nicht«, fuhr sie fort. »Wir haben genügend Macht, um auch ohne ihn zu regieren. Das weißt du doch auch.«

Sie fuhr ihm mit dem Finger über die blanke Brust. »Stell dir vor – jede Woche eine neue Plage, jeden Tag ein neuer Sturm. Wir könnten so viel zerstören.«

Dimitrios lächelte – der Gedanke gefiel ihm. »Nichtsdestotrotz – wir brauchen seine Kraft, um unsere Peiniger zu vernichten. Und darauf kommt es an.«

Meta zog einen Schmollmund.

»Nicht böse sein«, flüsterte Dimitrios und beugte sich für einen Kuss zu ihr hinab. »Du wirst den Tornado auslösen, der uns ankündigen wird.«

Sie gönnten sich einen Moment der Innigkeit, die ihnen dreitausend Jahre lang verwehrt gewesen war.

»Und nun finde die Wächter des Lichts«, sagte Dimitrios schließlich. »Ich werde Kronos bald befreit haben, und du weißt, wie ungeduldig er ist.«

Meta nickte und löste sich in einem kleinen Luftwirbel auf. Dimitrios tat es ihr nach, verschwand aber nicht ganz. Er wurde zu einem dunklen, elektrisch geladenen Wirbel, der zum Himmel aufstieg.

Der Titan ließ seine Macht spielen, verband sich mit den Wolken und durchschlug sie mit Blitzen, bis ihre Energie sich entlud und den Eisblock sprengte.

5

Es war kaum zu glauben, wie viele Leute mit kleinen Kindern das Morris-Ehepaar kannte. Der Garten ihres hübschen Einfamilienhauses war ein einziges Gewimmel aus kleinen Jungs und Mädchen, die zwischen Kinderwagen und übergroßem Spielzeug hin und her liefen. Angesichts der Hitze waren auch ein paar Sonnenschirme aufgestellt worden, und ein Gartenschlauch verschaffte den überhitzten Gemütern Kühlung.

Leo wedelte mit einem Stoffhäschen vor Wyatt herum, der in seinem Kinderwagen im Schatten lag. Piper sah ihm eine Weile lang entspannt zu, dann wurde sie von einem nur mäßig unterdrückten Fluch abgelenkt.

Darryl Morris hatte sich beim Versuch, die Würstchen auf dem Grill ohne Zange umzudrehen, die Finger verbrannt.

Jetzt kam Mikey, das Geburtstagskind, mit einem Freund zu seinem Vater gerannt. »Daddy, kannst du uns noch mal deinen Trick zeigen?«

Darryl tat unwissend: »Meinen Trick? Welchen Trick?«

Er wusste natürlich genau, worauf sein Nachwuchs anspielte. Er ging in die Knie und deutete auf Mikeys Ohr. »Hey, du hast da was am Ohr!«

»Was denn?«, strahlte der Junge in freudiger Erwartung.

Darryl griff zu – und zauberte ein Fünfundzwanzig-Cent-Stück aus dem Ohr seines Sohnes hervor.

Mikey schnappte es sich und drückte seinen Daddy dankbar.

»Das nenne ich Magie«, stichelte Leo, wofür er sich einen Klaps von Piper einfing.

Der Umgang mit Darryl war freundschaftlich. Er war

einer der wenigen Außenstehenden, die das Geheimnis der Halliwell-Schwestern kannten.

Leo legte den Arm um seine Ehefrau, und Piper lehnte sich zufrieden an ihn.

»Wer will Hotdogs?«, rief Sondra, Darryls Ehefrau, die nun hinzutrat.

Darryl betrachtete Leos und Pipers Familienglück. »Lasst mich raten – der Kleine schläft endlich durch, oder?«

Piper sah ihn überrascht an. »Woher weißt du das?«

Darryl lachte. »Die ersten Monate, nachdem Mikey geboren worden war, waren echt hart. Kaum Schlaf, keine Zeit mehr für uns ...«

»Das klingt bekannt«, gestand Leo.

»Aber nach drei, vier Monaten pendelt es sich ein«, erklärte Sondra. »Dann hat man wieder ein bisschen Ruhe.«

»Bis das Kind zwei wird«, warnte Darryl scherzhaft. »Dann geht der ganze Käse wieder los.«

»Mach ihnen doch keine Angst«, rüffelte Sondra ihren Mann.

Leo wirkte plötzlich etwas abwesend, und Piper kannte diesen Ausdruck in seinem Gesicht.

Seine Pflichten als Wächter des Lichts riefen.

»Ich muss weg«, flüsterte er.

»Aber wir sind doch gerade erst gekommen«, wandte sie ein.

»Ich weiß, aber es ist ... der *Rat der Ältesten*«, flüsterte er und sah sich unauffällig um, ob jemand ihn hörte.

Darryl winkte lässig ab und deutete auf seine Frau. »Macht euch keine Gedanken – sie weiß Bescheid.«

»Euer Geheimnis ist bei mir sicher«, erklärte Sondra.

Piper war überrascht. Sie hätte nicht gedacht, dass Darryl seiner Frau von der Freundschaft zu drei Hexen erzählen würde. Einen Moment lang hielt sie das für einen Vertrauensbruch, dann wurde ihr klar, dass sie nicht erwarten konnte, dass Darryl seine Frau anlog. Und es war wohl davon auszugehen, dass Sondra vertrauenswürdig war.

»Es tut mir wirklich Leid, aber es scheint wichtig zu sein«, erklärte Leo.

Piper atmete tief durch. »Dann möchte ich hiermit zum Ausdruck bringen, dass ich mich jetzt von dir ein wenig verlassen fühle.«

»Und ich versichere dir, dass ich deine Gefühle respektiere«, antwortete Leo, »und dass ich dich liebe – aber trotzdem muss ich nun los.«

Piper wusste, wie gestelzt das alles klang, und es fiel ihr auf, dass Darryl und Sondra sich kaum das Lachen verkneifen konnten.

»Was ist so komisch?«, wollte sie wissen.

»Nichts«, winkte Darryl grinsend ab. »Ihr geht in eine Eheberatung, oder?«

Die junge Hexe wunderte sich, wie er darauf gekommen war. In der Tat hatten Piper und Leo kürzlich professionelle Hilfe aufgesucht, um zu lernen, wie man als Paar besser miteinander kommunizieren konnte.

»Wir haben das auch hinter uns«, erklärte Sondra. »Wir erkennen die ›Kommunikationswerkzeuge‹, die ihr verwendet.«

»Die ›Werkzeuge‹ gehen mir auf die Nerven«, sagte Piper ehrlich. »Ich wäre lieber eine Weile lang stinksauer, als jetzt offen und ehrlich über meine Gefühle zu reden.«

»Ging uns nicht anders«, gab Darryl zu.

»Aber es hat sich herausgestellt, dass die ›Kommunikationswerkzeuge‹ tatsächlich funktionieren«, ergänzte Sondra.

»Piper, ich muss jetzt wirklich los«, flüsterte Leo noch einmal.

»Okay, dann geh doch«, raunzte Piper etwas lauter als

gewollt, fing sich dann aber gleich wieder. »Ich meine, ich danke für deine Berücksichtigung meiner Gefühle, ich liebe dich, und wir sehen uns später.«

Leo küsste sie sacht und ging dann weg. Er konnte sich schlecht inmitten der Partygesellschaft in Luft auflösen, also suchte er sich nun ein stilles Plätzchen.

»Gut gehandhabt«, sagte Sondra aufmunternd, und auch Darryl zeigte ihr den nach oben gerichteten Daumen.

Piper lachte.

Irgendwie war es schon komisch.

6

»*H*IER WIRST DU RAUSKOMMEN«, erklärte Lorna Grant, die Chefredakteurin, während sie Phoebe durch das *P3* führte, das für die *Bay-Mirror-Gala* geschmückt worden war. »Du sagst die Junggesellen an, und die kommen dann von der anderen Seite auf die Bühne. Ist das so weit klar?«

Phoebe antwortete nicht. Ihr Blick hing am knackigen Hintern eines Arbeiters, der eine schwere Kabelrolle durch den Saal trug.

»Phoebe?!«, hakte Lorna nach.

»Was? Klar!«, rief die junge Hexe hektisch. »Ich mach 's ... ich meine, ich bin bereit!«

»Phoebe!«, stöhnte Lorna genervt. »Der *Mirror* sponsert nur eine Gala im Jahr – und ich möchte, dass alles glatt geht!«

»Wird es«, sagte Phoebe. »Versprochen.«

»Das wollte ich hören«, bekannte die resolute Chefin. »Und danke bitte deiner Schwester noch einmal dafür, dass sie uns ihren Club zur Verfügung gestellt hat.«

»Ich hoffe nur, dass die Männer nicht geschmolzen sind, bevor sie hier ankommen«, bemerkte Phoebe. »Es wird schwierig, Junggesellen-Suppe zu versteigern.«

Lorna nahm ihre Brille ab, die an einer Kette um ihren Hals hing. »Es ist wirklich ungewöhnlich heiß. Ich habe heute Morgen mit Jason in Hongkong telefoniert, und er sagt, dort sei es genauso.«

»Sie haben mit Jason telefoniert?«, fragte Phoebe. »Hat er mich erwähnt?«

Schon bei dem Gedanken an ihn wurde sie nervös wie ein Schulmädchen.

Lorna seufzte. »Phoebe, es geht mich ja nichts an – aber

sind Sie sicher, dass Sie sich an jemanden binden wollen, der am anderen Ende der Welt lebt?«

Phoebe nickte. »Ich weiß, es ist eine blöde Situation. Und ehrlich gesagt – die Hitze macht mich auch ein bisschen ... na ja, unruhig. Es scheint mir nur seltsam zu sein, eine gute Beziehung einfach so aufzugeben.«

»Aber er ist doch weggezogen«, erinnerte Lorna sie. »Und auf die Gefahr hin, einer Ratgeberin Ratschläge zu erteilen, aber Sie sollten sich morgen auch einen Junggesellen ersteigern. Auf diese Weise können Sie Ihre Fantasien ausleben.«

Sie zwinkerte der jungen Hexe zu.

Phoebe spielte empört. »Sie sind ja ziemlich durchtrieben.«

In diesem Moment flirrte hinter Lorna auf der Tanzfläche die Luft – und Paige tauchte auf.

Phoebe blieb fast das Herz stehen.

Es waren mindestens ein Dutzend Leute im Saal!

Gott sei Dank hatte gerade keiner hingesehen.

»Ach, du meine Güte«, flüsterte sie entgeistert.

»Was ist?«, fragte Lorna.

»Nichts«, antwortete Phoebe hastig, »ich bin gleich wieder da.«

Sie machte ein paar schnelle Schritte auf ihre Halbschwester zu und zog sie außer Hörweite.

»Paige, hast du denn den Verstand verloren?«, zischte sie.

Die junge Hexe sah sie mit einem verwunderten Ausdruck an. Sie hatte ganz offensichtlich anderes im Kopf. »Eben nicht! Wir sind in großer Gefahr!«

Phoebe nickte. »Das kannst du laut sagen. Du hast gerade um ein Haar unser Geheimnis an ein Dutzend Leute verraten!«

Paige wedelte genervt mit der Hand. »Darum geht es nicht. Ich habe wirklich alles befragt – das I Ging, die Teeblätter, die Tarot-Karten. Ich bekomme immer dasselbe Ergebnis.«

»Dass du mal wieder richtig durchschlafen solltest?«, mutmaßte Phoebe.

»Nein«, zischte Paige, die endlich von ihrer Halbschwester ernst genommen werden wollte. »Wenn meine Auslegungen richtig sind, dann braut sich in der Welt der Magie was zusammen. Nicht bloß die Hitze. Es wird viel schlimmer kommen.«

Phoebe verkniff sich weitere dumme Bemerkungen, denn Paiges Gesichtsausdruck verriet Angst.

»Hast du einen Plan?«, fragte Phoebe sie.

»Keinen Plan«, sagte Paige kopfschüttelnd, »nur einen Ort. Ich habe das Pendel befragt, und das Ergebnis war immer das Gleiche.«

Sie drückte ihrer Halbschwester einen geschmacklosen Parka in die Hand. »Zieh das an. Wir haben eine weite Reise vor uns.«

Phoebe sah unsicher auf das Kleidungsstück in ihrer Hand. Was sollte *das* denn werden?

7

EIN PAAR MINUTEN VORHER hätte Phoebe noch alles gegeben, um aus der Hitze der Stadt herauszukommen.

Nun wünschte sie sich nichts sehnlicher, als wieder in San Francisco zu schwitzen.

Es war unglaublich, sie stapfte mit ihrer Halbschwester durch den Schnee.

Auf einem Berg!

»Es gibt einen Grund«, murmelte sie zähneklappernd, »warum niemand hier lebt. Weil jeder sofort erfrieren würde!«

»Du wolltest doch aus der Hitze raus«, erinnerte Paige sie und blickte in die Eisgrotte.

»Das hier ist nicht viel besser«, verteidigte Phoebe ihren Missmut.

Die Halbschwestern sahen sich um. Hier waren vor nicht allzu langer Zeit Menschen gewesen. Oder menschenähnliche Wesen. Yetis? Dämonen? Schwer zu sagen. Auf jeden Fall gab es eine Menge Fußspuren, und zwei Paar waren kurioserweise nackt. Es war Phoebe völlig unverständlich, wie man bei zwanzig Grad unter Null ohne festes Schuhwerk unterwegs sein konnte.

Es gab auch eine ausgebrannte Fackel und ein paar Decken, die auf dem Boden verstreut lagen. An einer Stelle war ein schwarzer Brandfleck zu sehen, was seltsam genug war, denn Eis konnte eigentlich nicht brennen.

»Ich schätze, hier ist ein Dämon vernichtet worden«, überlegte Paige. »Schau doch mal, ob du eine Vision erhalten kannst.«

Phoebe schüttelte entschlossen den Kopf. »Dazu müsste

ich die Hände aus den Taschen nehmen – und ich habe keine Handschuhe dabei. Kommt nicht infrage.«

Sie bibberte erbärmlich.

»Nun stell dich nicht so an«, brummelte Paige. »Ich habe uns schließlich hierher gebracht – jetzt bist du dran.«

Widerwillig beugte sich Phoebe über den Brandfleck und zog die Hände aus dem Parka.

»Und? Hast du schon was?«, fragte Paige ungeduldig.

»Ja«, knurrte Phoebe. »Frostbeulen.«

Sie hatte das Wort kaum ausgesprochen, als die Vision über sie kam.

Sie war kurz.

Sie war schmerzhaft.

Phoebe stolperte einen Schritt zurück.

»Heiß, heiß, heiß«, keuchte sie.

»Heiß?«, fragte Paige verwundert.

»Nicht hier«, erklärte Phoebe. »In meiner Vision.«

»Vision?«, hakte Paige nach. »Prima! Was hast du gesehen?«

»Zwei sehr große ... Typen sind dort aus der Eiswand gebrochen«, stotterte Phoebe und deutete auf die Stelle, wo der Dämon die Titanen befreit hatte.

»Was für Typen?«, wollte Paige wissen.

»Keine Ahnung«, sagte Phoebe. »Die trugen leider keine Namensschilder.«

In diesem Moment begann der Berg zu erzittern. Es grummelte beunruhigend, und lockerer Schnee fiel von der Grottendecke herab.

Ein Erdbeben!

»Das sieht böse aus«, konnte Phoebe gerade noch rufen, dann regnete es schon Eisbrocken. Sie und ihre Halbschwester waren im nächsten Augenblick in der einstürzenden Grotte verschüttet.

8

DABEI HATTEN DIE BEIDEN Zauberhaften noch Glück. Das Epizentrum des Erdbebens lag nämlich ein paar hundert Kilometer entfernt. Es befand sich genau unter einem Hochplateau, über dem ein orkanartiger Sturm wütete. Aus diesem schlug ein Blitz direkt in den Eisklotz ein, der den Titanen Kronos gefangen hielt. Das Eis fiel von seinem mächtigen Körper wie zerbrochenes Glas.

Dimitrios erkannte, dass seine Arbeit von Erfolg gekrönt war, und verwandelte sich wieder in seine Menschengestalt.

Er stand Kronos direkt gegenüber.

»Dimitrios«, keuchte Kronos, der immer noch nicht ganz begriffen hatte, dass er wieder frei war.

»Mein Herr«, stammelte Dimitrios und kniete nieder.

Kronos warf einen Blick zum Himmel. »*Sie* haben mir das angetan. MIR!«

»Und sie werden dafür bestraft werden«, versprach Kronos' Vasall.

»Strafe ist nicht genug«, knurrte Kronos. Er schrie: »Ich werde sie VERNICHTEN!«

Seine Stimme hallte durch die einsame Bergwelt – fast, aber nicht ganz bis zu der Eisgrotte, in der Paige und Phoebe sich aus dem Schnee kämpften.

»Ein Erdbeben!«, rief Paige fast schon begeistert. »Abgefahren.«

Phoebe spuckte ein bisschen Schnee aus. »Habe ich schon erwähnt, dass mir das stinkt?«

Paige strahlte. »Ja.«

Sie waren jetzt schon seit fast einer Stunde wieder in San Francisco, aber Phoebe bibberte immer noch. Paige hatte ihr extra ein warmes Handtuch um die Schultern gelegt, während sie am Podest vor dem *Buch der Schatten* standen.

Piper kam mit einem Pappkarton herein und wunderte sich über den Zustand ihrer Schwester. »Ich habe zwar mitbekommen, dass es sich ein bisschen abgekühlt hat, aber übertreibst du nicht etwas?«

»Nein, schließlich taue ich gerade erst ab«, knurrte Phoebe.

»Sind es die hier?«, fragte Paige und deutete auf eine Zeichnung im *Buch der Schatten.*

»Nein«, sagte Phoebe kopfschüttelnd.

Paige blätterte weiter.

»Ist wer?«, wollte Piper wissen.

»Wir sind noch nicht sicher«, antwortete Phoebe. »Wie war die Party?«

»Sehr spaßig«, sagte Piper etwas zerknirscht. »Leo wurde weggerufen, und ich musste die ›Werkzeuge‹ einsetzen.«

»Welche ›Werkzeuge‹?«, fragte Phoebe, wurde aber wieder abgelenkt, als Paige sie in die Seite stieß.

»Sind es die?«

»Nein«, sagte Phoebe wieder. »Sie sahen etwas ... antiker aus.«

»Antiker?«, fragte Piper verwirrt. »Würde mir mal jemand sagen, um was es hier geht?«

In diesem Moment materialisierte Leo auf dem Dachboden und brachte schlechte Nachrichten. »Ein Wächter des Lichts ist verschwunden.«

»Ein Wächter des Lichts?«, echote Phoebe. »Von einem Wächter der Schatten?«

Den Fall hatten sie nämlich schon einmal erlebt.

Leo schüttelte den Kopf. »Nein, das Gift eines Wächters der Schatten wirkt langsam und schmerzhaft. Hier aber ist es sehr schnell gegangen. Der *Rat der Ältesten* hat keine Ahnung, wie das passiert ist.«

»Das hängt bestimmt zusammen!«, rief Paige.

»Was hängt zusammen?«, fragte Piper.

»Mit dem, was aus der Eisgrotte entkommen ist«, erklärte Paige.

»Eisgrotte?«, fragte Leo verblüfft.

Paige nickte. »Die Eisgrotte, das Erdbeben, die Hitzewelle – da läuft eine ganz große Sache ab.«

Phoebe dachte darüber nach: »Ich sage wohl besser meine Teilnahme an der Wohltätigkeitsgala ab.«

»Vielleicht sollten wir auf unsere heutige Sitzung bei der Eheberaterin verzichten«, schlug Leo seiner Frau vor.

»Moment!«, schritt Piper energisch ein. »Genau darum geht es in der Therapie doch – zu lernen, wann unser Privatleben hinten anstehen muss und wann nicht.«

»Piper, ein Wächter des Lichts ist tot!«, wandte Paige ein.

»Das wissen wir doch gar nicht«, widersprach Piper. »Vielleicht ist er nur verletzt und versteckt sich.«

»Kann das sein?«, fragte Phoebe, die endlich die Decke von ihren Schultern nehmen konnte.

»Schon«, sagte Leo, aber er klang nicht überzeugt.

»Wir müssen das etwas konstruktiver angehen«, erklärte Piper. »Dr. Berensohn sagt, dass übermäßige Panik und hektischer Aktivismus nur kontraproduktiv sind. Sie verschließen uns den Weg zum Glück.«

»Ich bin für den Weg zum Glück jederzeit zu haben«, sagte Phoebe.

»Gut«, fuhr Piper fort. »Also kümmern wir uns jetzt erst einmal um die konkreten Probleme und nicht um die Vermutungen.«

»Leo, vielleicht solltest du den *Rat der Ältesten* davon überzeugen, den Wächter des Lichts das Teleportieren zu untersagen, bis wir mehr wissen«, schlug Paige vor.

»Werde ich machen«, nickte Leo.

»Wir sehen uns dann bei der Beratung«, erinnerte Piper

ihren Ehemann. »Sei bitte pünktlich. Ist es überhaupt gefährlich, wenn du jetzt teleportierst?«

Leo überlegte: »Wird schon gut gehen.«

Er gab ihr einen Kuss – und löste sich auf.

9

DER HIMMEL, DAS SHANGRI-LA, das Jenseits – der Ort, an dem Leo auftauchte, hatte von den Menschen viele Namen bekommen. Für ihn war es nur die Dimension, aus der die Wächter des Lichts kamen, die viele Menschen für Engel hielten. Hier war alles hell und friedlich. Trotz der vielen umhereilenden Wächter herrschte Stille.

Aber Leo spürte, dass etwas nicht stimmte. Nervosität lag in der Luft, und das war ungewöhnlich. Hier oben war normalerweise absoluter Seelenfrieden.

Er wandte sich an Remon und Roland, zwei Mitglieder des *Rates*, die in ihren erdfarbenen Kutten auf einer Bank saßen und sich aufgeregt unterhielten. »Was geht hier vor?«

Roland stand auf: »Das ist nicht deine Angelegenheit.«

Remon hielt seinen Freund am Arm zurück. Er lächelte sorgenvoll: »Leo, wir wissen es nicht genau. Aber irgendetwas stört die Balance der Kräfte.«

»Ist noch ein Wächter des Lichts ...?«, begann Leo.

»Nein«, sagte Remon. »Das ist es nicht.«

»Wir können es außerhalb des *Rates* nicht besprechen«, entschied Roland und zog Remon energisch weg.

»Hat es was mit den Erdbeben zu tun?«, fragte Leo und hatte sofort ihre ungeteilte Aufmerksamkeit. »Der Hitzewelle?«

»Was weißt du davon?«, erkundigte sich Remon.

»Nicht viel«, gab Leo zu. »Aber Paige hat in letzter Zeit diese seltsamen Träume. Sie scheinen sehr prophetisch zu sein.«

»Denkst du, sie hat die Erdbeben vorausgesehen?«, hakte Remon nach.

»Ja«, antwortete Leo knapp.

»Diese Kraft ist ihr nicht gegeben«, knurrte Roland.

»Es ist auch keine Kraft«, hielt Leo dagegen. »Es ist mehr so etwas wie ein Instinkt.«

»Und alle deine Vermutungen basieren auf diesem ... Instinkt?«, höhnte Roland.

»Bisher hat er uns noch nie betrogen«, gab Leo zu bedenken. »Ich habe gelernt, Paiges Eingebungen zu vertrauen – so wie ich den Instinkten aller Zauberhaften vertraue.«

»Und das ist auch gut so«, bestätigte Remon milde lächelnd. »Was hat dich also hierher geführt?«

»Die Hexen denken ... wir denken, ihr solltet den Wächtern des Lichts das Teleportieren verbieten, bis wir wissen, was los ist.«

Remon sah Roland an, dachte einen Moment lang nach und nickte mit dem Kopf: »Wir sind deiner Meinung. Sobald du wieder unten bist, werden wir die Verordnung in Kraft treten lassen.«

Er legte Leo den Arm um die Schulter: »Sorge bitte dafür, dass die Zauberhaften an dieser Sache dranbleiben.«

Leo sah Remon direkt in die Augen. »Ihr sorgt euch, oder?«

Remon lächelte wieder: »Du solltest uns besser kennen. Letztlich geschieht, was geschehen soll. So war es immer, so wird es immer sein. Folge deinen Instinkten.«

Damit wandte er sich ab und ging davon, begleitet von Roland.

Leo blieb zweifelnd zurück.

Er hatte ein ganz schlechtes Gefühl bei der Sache.

10

SIE WAR EINE JUNGE HEXE, noch schwach und unsicher im Gebrauch ihrer magischen Kräfte. Es war für Meta ein Leichtes gewesen, sie zu überwältigen.

Nun lag die junge Frau am Boden, bewusstlos und mit einer hässlichen Kopfwunde.

Die Luft flirrte kurz, und eine Wächterin des Lichts erschien. Als sie die junge Hexe sah, entfuhr ihr ein erschrockenes: »Christa!«

Sie kniete sofort nieder.

Darauf hatte Meta nur gewartet.

»Es hat ganz schön gedauert, bis du gekommen bist, um deinen Schützling zu retten«, höhnte sie und trat aus dem Schatten auf die Waldlichtung.

Die Wächterin des Lichts stand auf: »Wer bist du? Was willst du?«

Meta lächelte grausam. »Ich will eine Wächterin werden.«

Ihre Augen verwandelten sich für einen Herzschlag in silberne Ovale. Lange genug, um die Wächterin des Lichts in Stein zu verwandeln.

Lange genug, um ihr die Kräfte zu rauben.

Sie hätten sich an jedem Ort der Welt treffen können. Irgendwo, wo es wärmer war. Aber die Titanen spürten keine Hitze, keine Kälte, keinen Hunger und keinen Durst.

Also materialisierte Meta auf der schneebedeckten Hochebene. In ihrem Gepäck hatte sie zwei steinerne Statuen.

Kronos und Dimitrios erwarteten sie schon.

»Es ist schön, euch wohlauf zu sehen«, grüßte sie, immer noch etwas zurückhaltend.

Kronos grinste schief. »Du konntest nie besonders gut lügen.«

Er warf einen Blick auf die zwei steinernen Figuren. »Wo ist die Dritte?«

Meta sammelte sich einen Augenblick, bevor sie antwortete: »Es ist nicht so einfach, an Wächter des Lichts zu kommen. Magie wird in dieser Epoche nicht mehr offen praktiziert.«

Kronos trat direkt vor sie hin und strich ihr mit der Hand durch das Haar. »Vieles mag sich verändert haben – du jedoch nicht. Es hat mich immer fasziniert, wie eine Frau von deiner Schönheit Männer nur durch einen Blick in Stein verwandeln kann.«

Dimitrios war sichtlich unwohl. Die Beziehung zwischen Kronos und Meta war kompliziert – und sehr explosiv.

»Sie bleibt hier«, erklärte Kronos.

»Nein!«, rief Dimitrios und mühte sich sofort, seine Wut in den Griff zu bekommen. »Zu dritt sind wir stärker, und wir werden jede Hilfe brauchen, um uns an unseren Peinigern zu rächen.«

»Wenn wir zu lange warten«, erklärte Kronos, »wird der *Rat der Ältesten* von unserer Erweckung erfahren. Und dann wird es uns auch mit den Kräften der Wächter nicht gelingen, in ihre Dimension einzudringen.«

»Das Risiko müssen wir eingehen!«, forderte Dimitrios.

In Kronos' Augen lag nur blanke Verachtung: »Sagt wer? Du? Willst du mich herausfordern?«

»Nein!«, schritt Meta nun ein. »Er will dich nicht herausfordern.«

Sie fasste Kronos sachte an der Schulter. »Wir haben die Macht zweier Wächter des Lichts. Nehmt sie und findet einen dritten. Für mich.«

»Und wenn uns das nicht gelingt?«, knurrte Kronos.

»Dann werdet ihr halt ohne mich in die Schlacht ziehen«, schnurrte Meta in der Hoffnung, dass ihr weiblicher Charme Kronos und Dimitrios in Schach halten würde.

Die beiden Titanen sahen sich an. Es gefiel ihnen nicht, aber Meta hatte Recht.

Sie schritten zu den beiden Statuen, die früher Wächter des Lichts gewesen waren, und durch bloße Willenskraft begannen sie, den Figuren die erstarrten Kräfte zu entziehen. In hellen Schlieren flossen die Fähigkeiten der Lichtwesen auf die Titanen über.

Dann zerfielen die Statuen zu Staub.

11

LEO WUSSTE, DASS ER SPÄT DRAN WAR. Klar, die Ehetherapie mit seiner Frau war ihm wichtig, aber momentan herrschte so ein Chaos in den Dimensionen, dass er einfach nicht auf alles Rücksicht nehmen konnte.

Er materialisierte im Gang vor dem Büro der Therapeutin. Mit einem knappen Lächeln ging er an der Sekretärin vorbei.

Piper saß schon auf der Couch im Wartebereich. Vor ihr stand der Buggy mit Wyatt.

»Tut mir Leid«, sagte Leo vorauseilend.

»Ganz schön spät«, stellte Piper dennoch fest.

»Ich habe mich extra beeilt«, entgegnete Leo etwas außer Atem und setzte sich neben seine Frau.

»Was ist denn los?«, wollte die junge Hexe wissen.

»Ich ... ich weiß es nicht«, musste Leo zugeben. »Der *Rat der Ältesten* weiß es auch nicht. Darüber können wir aber später reden – jetzt hat erst einmal unsere Beziehung Vorrang.«

»Gute Antwort«, sagte Piper etwas schnippischer als geplant. »Aber ich glaube kaum, dass du dich auch dann noch herausreden kannst, wenn du mich tatsächlich mal bei der Therapie versetzen solltest.«

Aber Leo hatte schon wieder diesen glasigen Blick, der darauf hindeutete, dass er von seinen ›Vorgesetzten‹ gerufen wurde.

»Oh, nein.« Piper verdrehte die Augen. »Du machst Witze, oder?«

»Es klingt wichtig«, murmelte Leo.

»Aber du warst doch gerade erst dort«, wandte Piper ein.

»Ich weiß«, antwortete Leo verzweifelt. »Ich weiß auch, wie wichtig dir dieser Termin ist, aber ...«

»Ich pfeife auf die ›Kommunikationswerkzeuge‹!«, zischte Piper nun wütend, während ihr Tränen in die Augen stiegen. »Ich habe bloß ... Angst.«

»Keine Sorge, mir wird auf dem Weg nach oben schon nichts passieren«, versprach Leo.

»Das ist es nicht«, gestand Piper. »Jedes Mal, wenn ich denke, wir könnten ein halbwegs normales Leben führen, kommt irgendetwas dazwischen.«

Leo hörte wieder das Signal. Es brach ihm das Herz, seine Frau mitten in dieser wichtigen Diskussion allein lassen zu müssen. »Piper, ich muss los.«

»Ich weiß«, sagte sie und schluckte die Tränen hinunter. »Es ist nicht deine Schuld. Die Dinge sind, wie sie sind.«

Er küsste sie zärtlich auf die Stirn. »Ich liebe dich.«

Dann stand er auf und ging weg.

Piper blieb mit Wyatt zurück.

Sie würde sich wohl einen anderen Termin geben lassen müssen. Was sollte sie in einer Partnerschaftsberatung – ohne ihren Partner?

»Phoebe!«, rief Paige aufgeregt, als sie die Zeichnung im *Buch der Schatten* entdeckt hatte. »Komm schnell her!«

Phoebe eilte zu ihrer Halbschwester. »Was hast du gefunden?«

»Waren es vielleicht Titanen, die du in deiner Vision gesehen hast?«, fragte Paige.

»Titanen?«, überlegte Phoebe. »Aus dem antiken Griechenland?«

»Es wäre doch möglich!«, erklärte Paige resolut und deutete auf die Zeichnung, die einen muskulösen Mann in einer Toga zeigte, der einen Blitz in der Hand hielt. »Urzeitliche Götter, die man bei lebendigem Leib eingemauert hat, um sie zu stoppen.«

Phoebe brauchte eine Sekunde, um diese Neuigkeit zu

verdauen. »Aber selbst wenn es Titanen waren – wer hat sie dann freigelassen, und warum jagen sie Wächter des Lichts?«

»Keine Ahnung«, gab Paige zu. »Vielleicht hat sich einer von ihnen verletzt und sie brauchen die Heilkräfte der Wächter des Lichts. Aber eins ist klar – durch das Teleportations-Verbot des *Rates* werden sie nur dann an einen weiteren Wächter kommen, wenn …«

Sie machte eine wedelnde Handbewegung Richtung Himmel.

Phoebe wusste, was Paige meinte.

Und sie war strikt dagegen!

»Kommt nicht in Frage!«, erklärte sie kategorisch.

»Wieso nicht?«, fragte Paige. »Wenn ich sie anlocke, kommen sie direkt zu uns!«

»Du sagst das, als wäre das eine gute Idee«, keuchte Phoebe entsetzt.

Sie hatte das Gefühl, dass Paige nun völlig übergeschnappt war.

»Das ist es!«, rief Paige. »Deshalb habe ich so komisch geträumt! Ich sollte auf diese Aufgabe vorbereitet werden!«

Sie ging zu einem Tisch, auf dem diverse Fläschchen standen. »Hier sind Zaubertränke, die stärker sind als das Zeug, das wir gegen die Quelle des Bösen benutzt haben!«

»Okay, ich werde jetzt mal zur Spielverderberin«, erklärte Phoebe. »Solange wir nicht die geringste Ahnung haben, wie stark die Titanen sind, werden wir dich auch nicht als Köder benutzen!«

»Das ist Unsinn«, widersprach Paige. »Da draußen sind böse Götter – und wir sollten sie aus dem Verkehr ziehen, bevor Wyatt wieder zu Hause ist.«

»Das ist unfair«, knurrte Phoebe. »Warum muss ich zwischen deiner Sicherheit und der meines Neffen wählen?«

»Weil man nicht immer alles haben kann«, verkündete Paige, die ahnte, dass sie Phoebe an der Angel hatte.

»Okay«, stöhnte Phoebe. »Her mit den Erdbeben auslösenden Altgöttern.«

»Aufgepasst!«, grinste Paige und teleportierte sich aus dem Dachboden.

Zwei Sekunden später war sie wieder da.

Gespannte Ruhe.

Paige und Phoebe sahen sich um.

Was war los?

Doch in dem Augenblick, als sie glaubten, Paiges Theorie hätte sich soeben als falsch herausgestellt, erzitterte die Luft, und in einem dunklen Wirbel erschien eine wunderschöne Frau mit kalten, grauen Augen.

Paige zögerte keine Sekunde und warf zwei Fläschchen mit magischer Tinktur nach ihr.

Es gab kleine Explosionen starker Magie, doch sie prallten an der altgriechischen Göttin einfach ab!

Phoebe konnte es nicht fassen. Das war ja mal wieder völlig danebengegangen.

Metas Augen wurden für einen Moment lang silbern, dann feuerte sie mit der Hand einen Energiestoß ab, der Phoebe quer durch den Raum warf.

Während die Hexe sich mühsam wieder aufrappelte, glitzerte direkt vor ihr die Luft.

Leo?

Nein, es war ein junger Typ, höchstens zwanzig. Er trug eine modische, blau getönte Brille und eine graue Armeejacke. Phoebe hatte ihn noch nie gesehen.

Der Neuankömmling hielt der jungen Hexe die Hand vor die Augen. »Nicht hinsehen!«

Dann griff er mehrere Fläschchen, die auf den Boden gefallen waren, und warf sie mit Wucht gegen Meta.

Die Explosionen verwirrten die Angreiferin mehr, als

dass sie ihr schadeten. Aber Meta hatte kein Interesse, sich gegen so viel Widerstand durchzusetzen.

Sie verschwand wieder.

Der junge Typ half Phoebe auf die Beine. »Alles okay?«

Die Hexe wollte schon nicken, als ihr Blick auf Paige fiel.

Oder besser gesagt – auf die Statue von Paige.

Ihre Halbschwester war in Stein verwandelt worden!

»Oh, mein Gott«, flüsterte Phoebe.

Ihr blieb fast das Herz stehen.

12

PHOEBE HATTE SCHON ALLES VERSUCHT – Fingerschnippen vor den Augen, Zwicken in den steinernen Arm, vorsichtiges Rufen des Namens.

Es half nichts – Paige war eine graue steinerne Plastik.

»Keine Sorge, sie ist in Ordnung«, erklärte der junge Typ, der ihr Leben gerettet hatte.

Phoebe blickte ihn giftig an.

»Nicht völlig in Ordnung«, stotterte er, »aber sie ist nicht tot oder so etwas.«

»Bist du da sicher?«, wollte Phoebe wissen.

»Ich habe so was schon oft gesehen«, erklärte er. »Die meisten Statuen, die man so sieht, sind nur – Statuen. Aber es gibt auch solche, die in Wirklichkeit verwandelte Menschen sind.«

»Wer bist du überhaupt?«, hakte Phoebe nach.

»Chris – Chris Perry«, stellte sich der Unbekannte vor. »Ich komme aus ... aus der Zukunft.«

Phoebe hatte keine Zeit, angemessen auf diese unglaubliche Behauptung zu reagieren, denn nun kam eine ziemlich entnervte Piper auf den Dachboden.

Sie sah ihre Halbschwester in Stein – und blieb wie angewurzelt stehen. »Sag mir bitte, dass das nur eine verdammt gut gelungene Kopie ist.«

Phoebe tätschelte den Kopf der Plastik: »Leider nein. Es ist Paige.«

»Ein Titan hat sie in Stein verwandelt«, erklärte Chris.

»Und du bist wer?«, wollte Piper wissen.

»Das ist Chris«, sprang Phoebe ein. »Er ist aus der Zukunft.«

Sie sagte das mit einem bewusst sarkastischen Zungenschlag. Zwar hatte sie schon viel erlebt, aber dass dieser schlecht gekleidete Dandy hier aus der Zukunft kommen sollte, musste sie erst einmal verdauen!

»Aber nur zwanzig Jahre aus der Zukunft«, schränkte Chris ein.

Piper mühte sich, ruhig zu bleiben. »Freund oder Feind?«

Phoebe ging zu ihrer Schwester. »Da bin ich nicht so sicher«, zischte sie.

Chris hatte das gehört: »Was soll das heißen – ›nicht so sicher‹? Ich habe Paige gerettet!«

Phoebe deutete auf die Statue ihrer Halbschwester: »Das nennst du retten?«

Chris war nun sichtlich sauer. »Ich habe mein Leben riskiert, und das hätte ich wahrlich nicht tun müssen! Ich hätte mich nicht hierher teleportieren müssen und euch ...«

»Du hast dich teleportiert?«, fuhr ihm Piper dazwischen. »Du bist ein Wächter des Lichts?«

Chris ging nicht darauf ein. »Ihr müsst eins verstehen – die Zukunft, aus der ich komme, ist nicht das Resultat dessen, was jetzt passiert ist. Paige wurde keine Statue, und die Macht der Zauberhaften wurde nicht gebrochen. Wenn die Geschichte anders verläuft, werden die Titanen keine neue Weltordnung errichten können. Und ich kann euch versichern, es wäre eine, die ihr wirklich nicht erleben wollt. Deshalb bin ich hier. Ich soll alles wieder in Ordnung bringen, damit *ihr* die Zukunft retten könnt.«

»Wer hat dich geschickt?«, wollte Phoebe wissen.

Chris zögerte lange, bevor er antwortete: »Das kann ich euch nicht sagen.«

»Wieso nicht?«

»Jede Information, die ich euch gebe, könnte die Zukunft in einer bestimmten Weise verändern«, erklärte Chris.

»Wer ist *wir*?«, hakte Piper nach.

»Ich kann euch nur so viel sagen – wenn ich nicht rechtzeitig hier gewesen wäre, wäre Paige das dritte Wächter-des-Lichts-Opfer geworden«, erklärte Chris.

»Wieso drittes Opfer?«, fragte Phoebe verwundert. »Ich dachte, nur ein Wächter des Lichts sei verschwunden.«

»Nicht mehr«, antwortete Chris deprimiert.

Das war zwar keine gute Nachricht, aber es gab den Schwestern zumindest die Möglichkeit, seine Aussagen zu überprüfen.

»Leo!«, rief Piper knapp.

Die Luft flimmerte blau und ihr Ehemann erschien. Er begann augenblicklich, sich zu entschuldigen: »Liebling, ich weiß, es war dumm, dass ich die Therapie habe ausfallen lassen ...«

Mit einer Handbewegung schnitt Piper ihm das Wort ab. »Schwamm drüber. Wir haben wichtigere Probleme.«

Jetzt sah auch Leo das Problem – nämlich die Paige-Statue.

Dann sah er auch Chris.

»Was ist denn hier passiert?«, wollte er wissen.

»Momentan nicht so wichtig«, beschied ihm Piper. »Wie viele Wächter des Lichts sind verschwunden?«

»Was?«, fragte Leo, der seinen Blick nicht von der Statue losreißen konnte. »Äh – zwei. Deshalb hat mich der *Rat der Ältesten* auch zu sich gerufen.«

»Glaubt ihr mir jetzt?«, fragte Chris.

»Wer ist der Typ?«, wollte Leo wissen.

Aber keine der beiden Fragen wurde beantwortet, denn von unten war das hässliche Geräusch splitternden Glases zu hören.

Die kleine Gruppe, bestehend aus zwei Hexen und zwei Wächtern des Lichts, machte sich auf den Weg ins Wohnzimmer.

Was sie am Fuß der Treppe erwartete, war eine Überraschung.

Keine böse Überraschung.
Aber eine große Überraschung.
Genau genommen waren es viele kleine Überraschungen.
Es waren viele kleine Zauberwesen.
Gut ein Dutzend.
Trolle, Gnome, Erdgeister, Nymphen – sogar eine kleine Fee zog in der Diele ihre Bahnen!
Delroy trat vor – mit diesem Gnom hatten die Zauberhaften in der Vergangenheit schon zu tun gehabt.
Er deutete auf die zerbrochene Glasscheibe der Terrassentür, durch die sie hineingeschlüpft waren.
»Tut uns Leid wegen der Scherben«, entschuldigte er sich. »Wir werden dafür bezahlen – wenn ihr im Gegenzug das Ende der Welt verhindert.«
Phoebe und Piper sahen sich an.
Wie konnten sie so ein Angebot ablehnen?

13

»ES WAR EINE FALLE«, KNURRTE KRONOS. »Du bist reingelegt worden!«

Kein Zweifel.

»Es gibt noch andere Wächter des Lichts«, verteidigte sich Meta.

»Nein!«, schrie Kronos. »Wir sind nun entdeckt worden. Deine Unfähigkeit hat uns in Gefahr gebracht!«

»*Meine* Unfähigkeit?«, zischte Meta. »Ich bin dorthin gegangen, wohin *Ihr* mich geschickt ... Gebieter.«

»Das ist doch völlig egal«, mischte sich Dimitrios ein. »Wir können sie zu dritt angreifen – sie werden keine Chance haben!«

»Kommt nicht in Frage!«, beschied ihm Kronos. »Wir werden unsere Feinde jetzt attackieren – solange wir es noch können.«

»Ich werde Meta nicht zurücklassen«, erklärte Dimitrios tapfer.

Kronos legte ihm die Hand auf die Schulter. »Das wirst du auch nicht müssen.«

Dann drehte sich der Titan um, und in einem infernalischen Höllenstrahl verbrannte er die Mitstreiterin.

»Meta!«, rief Dimitrios verzweifelt, doch er wusste, dass es zu spät war.

Kronos lächelte ihn an: »Vorsichtig, mein Freund. Entweder stehst du an meiner Seite – oder an ihrer.«

Dimitrios hatte Meta geliebt – so weit Titanen lieben konnten.

Aber nun war sie tot.

Und sein Schicksal war untrennbar mit Kronos verbunden.

»Los jetzt! Alle ins Wohnzimmer!«, rief Piper und scheuchte die ganze Bagage vor sich her.

Das war gar nicht so einfach. Nymphen hatten ihren ganz eigenen Kopf, Trolle waren nicht gerade gut zu Fuß, und die Fee wurde magisch von dem Kristallleuchter angezogen, den sie wie eine Motte umkreiste.

»Nicht schubsen!«, beschwerte sich Delroy, der trotz seiner geringen Gestalt der Anführer der Truppe war. »Wir sind nicht eure Haustiere.«

»Nein«, bestätigte Piper. »Ihr seid einfach nur Nervensägen. Und passt auf, dass euch die Nachbarn nicht sehen.«

Ein Orakel marschierte an Phoebe vorbei. Es war ein keltischer Krieger – fast zwei Meter groß, muskulös, nur mit einem Lendenschurz bekleidet und einer Kristallkugel in der Hand.

»Mann«, keuchte die deutlich beeindruckte Hexe, »seht euch mal die Größe seiner ... Kugel an!«

»Phoebe, benimm dich!«, rief Piper, während sie die Doppeltür zum Wohnzimmer zusammenschob.

Doch etwas blockierte – die Türen schlossen nicht ganz.

Piper sah nach – und erschrak.

Zwischen den Türhälften klemmte die kleine Fee und versuchte mühsam, nicht zerquetscht zu werden!

Sofort zog Piper die Tür wieder auf und das kleine Wesen konnte erschöpft, aber unverletzt, zu den anderen Fabelwesen stoßen.

Nun ging die Tür endlich zu, und die Schwestern konnten sich in Ruhe besprechen.

»Was geht hier eigentlich vor?«, fragte Piper.

Die Antwort kam nicht von Phoebe oder Leo und auch nicht von Chris.

Sie kam von der kleinen Elfenfrau Elzpeth, die sich früher schon einmal um den Posten als Wyatts Kindermädchen beworben hatte, aber abgelehnt worden war. Nun kam sie aus der Küche, ein kaltes Hähnchenbein in der Hand. »Es herrscht Chaos, überall auf der Welt, falls es euch noch nicht aufgefallen sein sollte. Jeder kann es spüren.«

»Die Titanen?«, fragte Phoebe.

»Wahrscheinlich«, antwortete Leo.

»Und deshalb seid ihr alle hergekommen, weil ihr glaubt, dass wir die Titanen aufhalten können?«, hakte Piper nach.

Elzpeth sah aus, als hätte sie die Frage nicht verstanden. »Ihr seid doch die Zauberhaften, oder?«

Piper und Phoebe dachten darüber nach, der Elfenfrau zu erzählen, dass das Trio momentan nur ein Duo war, als plötzlich das wehleidige Schreien eines Babys ertönte.

Es war Wyatt.

Elzpeth drehte den Kopf in Richtung Kinderzimmer, ihre kleinen spitzen Ohren richteten sich auf: »Ihr lasst das Kleine doch nicht etwa allein?«

Aus ihrer Stimme triefte Empörung.

»Nein!«, riefen Phoebe und Piper gleichzeitig.

Elzpeth schnüffelte. »Es braucht nur frische Windeln. Ich kümmere mich darum.«

»Halt!«, rief Piper. »Du bist nicht das Kindermädchen. Wir wollten dich nicht haben.«

Die kleine Frau war nicht aus der Ruhe zu bringen. »Falsch. Ich wollte *euch* nicht haben. Aber heute mache ich eine Ausnahme.«

Mit der Hähnchenkeule in der Hand wackelte sie die Treppe hinauf.

»Hat die sich gerade selbst eingestellt?«, wollte Phoebe wissen.

Piper drehte sich zu ihrem Mann: »Du musst sie im Auge behalten.«

»Aber ich muss dem *Rat der Ältesten* berichten, dass die Titanen zurückgekehrt sind«, widersprach Leo.

»Kann Chris das nicht machen?«, schlug Phoebe vor. »Er ist doch auch ein Wächter des Lichts.«

»Moment mal!«, rief Piper nun. »Wo ist Chris eigentlich?«

»Oben«, sagte Phoebe gedehnt. »Bei Paige.«

»Und dem *Buch der Schatten*«, setzte Leo hinzu.

»Okay«, übernahm Piper das Kommando. »Leo, du schaust nach Wyatt. Phoebe, du siehst zu, dass unsere *Gäste* keinen Unsinn anstellen. Und ich kümmere mich um den Mann aus der Zukunft.«

14

Es war genau so, wie sie es sich gedacht hatte. Als Piper auf dem Dachboden ankam, blätterte Chris neugierig im *Buch der Schatten* herum.

Das war ein absolutes Sakrileg! Nur die Zauberhaften durften das *Buch der Schatten* anfassen!

»Was machst du da?«, fragte Piper scharf.

»Wonach sieht es denn aus?«, antwortete Chris, ohne aufzuschauen. »Ich suche nach einer Methode, Paige zu befreien.«

»Geh von dem Buch weg«, zischte Piper und legte so viel Autorität in die Stimme, wie ihr gegeben war.

»Als ob ich das erste Mal im *Buch der Schatten* blättern würde«, verteidigte sich Chris. »Ihr solltet übrigens den Eintrag über die Orks studieren – der wird eines Tages sehr nützlich sein.«

Dann trat er endlich vom Buch weg und Piper konnte ihren angestammten Platz vor dem Podest einnehmen. »Orks?«, fragte sie unsicher.

»Vertrau mir«, sagte Chris nickend, während er auf einem Hocker Platz nahm. »Wird eine üble Sache werden.«

Er konnte sehen, dass sie ihm nicht glaubte.

»Ich weiß, dass ihr mir nicht vertraut«, erklärte Chris, »aber das Buch hat sich von mir anfassen lassen, also glaubt es offensichtlich, dass ich auf der richtigen Seite stehe. Daran könntet ihr euch mal ein Beispiel nehmen.«

Seine Argumentation war stichhaltig. So weit Piper wusste, konnte niemand mit bösen Absichten das *Buch der Schatten* auch nur anfassen.

»Vielleicht hast du ja eine Möglichkeit gefunden, das Buch zu täuschen«, stellte sie in den Raum.

Chris ließ den Kopf hängen. »Piper, jetzt hör aber auf. Ich versuche wirklich nur, euch zu helfen.«

Sie sah ihn geradeheraus an. »Dann erzähl mir doch einfach, wie man die Titanen vernichtet.«

»Das ist nicht möglich«, antwortete er und ließ keinen Zweifel, dass er es ernst meinte.

»Nicht ohne die *Macht der Drei*«, ergänzte Piper.

Chris schüttelte unsicher den Kopf. »Vielleicht nicht einmal mit der *Macht der Drei. Der Rat der Ältesten* konnte die Titanen vor dreitausend Jahren nur aufhalten, indem sie einigen Sterblichen unglaubliche Kräfte verliehen. Kräfte, die weit über alles hinausgehen, was die Zauberhaften zu bieten haben.«

»Dann können sie das doch wieder tun«, entgegnete Piper.

»Das werden sie aber nur sehr widerwillig tun«, erklärte der Wächter des Lichts. »Beim letzten Mal ist den Sterblichen, kaum dass sie die Titanen besiegt hatten, ihre Macht zu Kopf gestiegen. Sie erklärten sich zu Göttern und zwangen die Menschheit, ihnen zu huldigen. Der *Rat der Ältesten* beschloss, so etwas für immer zu verhindern.«

Piper hob abwehrend die Hand. »Moment mal! Das muss ich jetzt erst einmal mit meinen dürftigen Geschichtskenntnissen in Übereinstimmung bringen. Willst du mir erzählen, dass alle griechischen Götter – Zeus, Hera, Athene, Aphrodite – eigentlich normale Sterbliche waren?«

Chris nickte. »Das steht natürlich nicht in den Büchern. Und das ist nicht das Einzige, was falsch überliefert wurde.«

Phoebe kam herein – mit Delroy und einem Zwerg im Schlepptau.

»Was soll das?«, rief Piper. »Du solltest doch auf die Truppe aufpassen.«

»Ich weiß«, räumte Phoebe ein, »aber vielleicht können uns die Trolle helfen, Paige zu befreien.«

Sie klopfte Delroy zuversichtlich auf die Schulter, aber der kleine Mann stieß sie weg. »Ich wäre dir dankbar, wenn du dir das merken könntest – er ist ein Troll, *ich* bin einer von den Sieben Zwergen!«

Der Troll mit dem kleinen Goldtöpfchen besah sich die Statue. »Da wird bloßes Glück nicht reichen. Feenstaub wäre gut.«

»Ich hole die Kleine«, erbot sich Delroy. »Ich habe sowieso meine Axt unten liegen gelassen.«

Phoebe wandte sich nun an Chris und ihre Schwester. »Wie sieht's aus?«

»Beschissen«, knurrte Piper ehrlich. »Wir kommen nicht recht voran. Ich würde zum Beispiel gerne wissen, warum die Titanen Wächter des Lichts jagen.«

»Vielleicht, um an deren spezielle Teleportationskräfte zu kommen«, mutmaßte Chris.

Piper dachte über diese Aussage nach. Es ergab keinen Sinn – die Titanen hatten keine Probleme, sich an jeden beliebigen Ort der Welt zu zaubern. Der einzige Unterschied war die Tatsache, dass Wächter des Lichts mit ihren Teleportationskräften …

Das war es!

Piper konnte sich über die Erkenntnis nicht freuen, denn sie bedeutete größte Gefahr!

»Leo!«, rief sie und machte sich sofort auf den Weg nach unten.

»Was?«, fragte Phoebe verwirrt. »Hab ich da gerade was verpasst?«

»Nichts Gutes«, bestätigte Chris.

Phoebe wurde unruhig. Wenn Piper sich nicht einmal die Zeit nahm, etwas zu erklären, dann war definitiv die Hölle los.

Vielleicht sogar wortwörtlich …

15

WYATT WAR SATT, SAUBER UND LAG bequem im Halbdunkel seiner Wiege. Doch er jammerte noch immer.

Elzpeth sah das Kind prüfend an, während Leo ihr über die Schulter guckte.

Schließlich machte es im Kopf der Elfenfrau ›klick‹. Sie wedelte mit der Hand, und aus dem Nichts erschien eine blaue Wolldecke, die das Kind vollständig umwickelte.

Sofort war Wyatt still.

»Woher wusstest du, dass ihm kalt ist?«, fragte Leo verblüfft.

»Babys sind meine Spezialität«, erklärte Elzpeth milde lächelnd.

Leo hörte Schritte und in derselben Sekunde kam seine Frau in den Raum gerannt. Sie war außer Atem.

»Leo«, hechelte Piper, »die Titanen! Sie sind hinter dem *Rat der Ältesten* her!«

»Was?«, sagte Leo ungläubig.

»Du musst sie warnen!«, rief Piper. »Aber bleib nicht zu lange oben – es ist gefährlich!«

Leo verstand nicht, was genau seine Frau damit meinte oder wie sie zu dieser Erkenntnis gekommen war, aber er verstand die Dringlichkeit der Situation.

Sofort löste er sich in Luft auf.

Zurück blieben Elzpeth, Baby Wyatt und eine junge Hexe, die plötzlich ein ganz schlechtes Gefühl in der Magengegend hatte.

Leo war schon fast hundert Jahre alt, auch wenn man es ihm nicht ansah. Er hatte Kriege gesehen, verheerende Katastrophen und den Tod geliebter Menschen. Das Leid

Unschuldiger war sein ständiger Begleiter gewesen, und nicht immer hatte er es abwenden können. Es war ein Teil von dem, was einen Wächter des Lichts ausmachte.

Doch als er in der Sphäre ankam, erfasste ihn ein Grauen, wie selbst er es noch nicht gekannt hatte.

Sie waren tot!

Alle tot!

Die Körper der Wächter, der Mitglieder des *Rates* – sie lagen wie weggeworfene Puppen auf dem Boden, die Gliedmaßen verrenkt, die Kutten versengt. Ihre toten Augen blickten anklagend ins Leere.

Und direkt zu seinen Füßen – Remon.

Leo hatte das Gefühl, als ob seine Beine ihren Dienst versagen würden.

Er taumelte.

»Nein«, war das Einzige, was er flüsternd über die Lippen brachte.

Die Fee streute erneut ihren Staub über die Statue, und der kleine Troll tat etwas Gold aus seinem Silbertöpfchen dazu. »Delroy, jetzt!«, rief er.

Der Zwerg schlug mit seiner Axt gegen den leblosen Stein.

Phoebe hielt den Atem an. Was, wenn sie den Zauber nicht brechen konnten – aber die Statue zertrümmert wurde?

Doch zum Glück kam es dazu nicht. Die Figur schien unzerstörbar.

Nichts geschah.

»Jetzt bin ich mit meinem Latein am Ende«, gestand Delroy hechelnd.

»Mir geht das Gold aus«, sagte der Troll mürrisch.

»Es muss doch etwas geben, das wir tun können!«, rief Phoebe. »Versucht es bitte weiter!«

Sie ging zu Chris, der vor einem Regal stand und dort in dem gesammelten Schnickschnack der Schwestern herumkramte.

»Was machst du da?«, fragte sie.

»Nichts«, antwortete er beiläufig. »Ihr bewahrt wirklich *alles* auf, oder?«

Phoebe war nicht in der Stimmung für Smalltalk. »Du wusstest, dass die Titanen es auf den *Rat der Ältesten* abgesehen hatten, oder?«

Es war mehr eine Feststellung als eine Frage. Und Chris' Schweigen war Antwort genug.

»Warum hast du es uns nicht gesagt?«

»Ich habe doch gesagt, dass es Dinge gibt, die ich euch nicht sagen darf«, begann er. »Manche Dinge müsst ihr selbst herausfinden.«

»Selbst auf die Gefahr hin, dass dadurch alles noch schlimmer wird?«, hielt Phoebe dagegen.

Bevor Chris antworten konnte, kam eine völlig aufgelöste Piper auf den Dachboden. »Okay, was ist los? Leo antwortet nicht auf meine Rufe! Ich versuche seit Stunden, ihn zu erreichen!«

Sie stellte sich provozierend vor Chris.

Der junge Wächter des Lichts hob die Schultern. »Ich weiß es auch nicht.«

»Das sehe ich anders«, zischte Piper.

Sie war überzeugt, dass Chris mehr wusste, als er sagte.

»Du wolltest, dass er da oben nachschaut«, erinnerte sie Chris.

»Gut, vielleicht weiß ich doch etwas mehr, aber wenn ich Recht habe, braucht er gerade jetzt dringend etwas Zeit für sich.«

Piper schüttelte entschlossen den Kopf. »Schluss mit dem kryptischen Gerede! Schluss mit den Spielchen! Du folgst ihm jetzt und wirst ihn holen!«

Chris nickte entnervt. »Okay, ich gehe. Aber wenn ich an eurer Stelle wäre, würde ich mich darauf konzentrieren, Paige zu befreien. Es wird bald ziemlich zur Sache gehen, und ihr werdet sie brauchen.«

Mit diesen Worten löste er sich auf.

Piper atmete tief durch: »Eins verspreche ich dir, wenn er ohne Leo zurückkommt, trete ich seinen Hintern geradewegs in die Zukunft zurück.«

Phoebe merkte, dass ihre Schwester kurz davor stand, einen Nervenzusammenbruch zu erleiden. Sie legte Piper den Arm um die Schulter und führte sie zur Tür: »Weißt du was? Du gehst jetzt runter zu deinem Sohn, entspannst dich ein bisschen, und ich halte hier oben die Stellung. Sobald sich was ergibt, hole ich dich. Und fang bitte wieder an zu atmen.«

Piper sog geräuschvoll Luft ein.

»Besser«, grinste Phoebe schwach.

Als Piper außer Sichtweite war, drehte sich Phoebe wieder zu der Statue.

»Okay, nächste Schwester, bitte.«

16

LEO SASS IMMER NOCH NEBEN DER LEICHE von Remon. Er wusste nicht mehr, seit wann. Hier oben gab es keine reale Zeit, und er machte sich auch nicht die Mühe, darüber nachzudenken.

Es erschien ihm alles so sinnlos.

Die Wächter des Lichts, der *Rat der Ältesten* – seine ganze Welt war zusammengebrochen.

Was sollte er denn nun tun?

Es glitzerte, und Chris erschien.

Leo stand langsam auf. Dann verzerrte sich sein Gesicht zu einer Maske aus Wut und Schmerz, und er packte den jungen Wächter des Lichts am Kragen: »Warum hast du mir nichts davon gesagt? WARUM?«

Chris versuchte, den normalerweise sehr friedfertigen Leo von sich wegzuschieben, hatte aber keine Chance.

»Es musste geschehen!«, rief Chris. »Es musste geschehen, damit du frei bist, um das zu tun, was nun getan werden muss!«

»Wovon redest du?«, zischte Leo. »Sie sind alle tot!«

»Nicht alle«, keuchte Chris, als Leo ihn endlich losließ. »Ein paar der Mitglieder sind zur Erde geflohen. Aber es wird nicht lange dauern, bis die Titanen auch sie aufgespürt haben. Es ist *deine* Aufgabe, sie daran zu hindern. Es ist *deine* Aufgabe, die Titanen zu besiegen.«

»Wie?«, knurrte Leo und drehte Chris den Rücken zu. Er wollte nicht, dass der junge Wächter des Lichts die Verzweiflung in seinen Augen sah.

»Du weißt, wie«, flüsterte Chris.

Leo blickte auf den Boden. »Es ist zu gefährlich. Der *Rat* war dagegen.«

»Stimmt«, murmelte Chris. »Aber der *Rat* existiert nicht mehr. Es liegt jetzt an dir. Und genau deshalb ist all das hier passiert – damit du eine Entscheidung treffen kannst, zu der sie nicht fähig waren! Du musst die Zukunft deiner Familie retten – die Zukunft deines Sohnes.«

»Das ist doch verrückt«, keuchte Leo, in dessen Kopf sich alles drehte.

»Vielleicht ist es das«, gab Chris zu. »Aber es ist auch unsere einzige Chance. Ob es dir gefällt oder nicht, du bist aus gutem Grund vom Schicksal auserwählt worden. Genauso wie ich.«

»Das behauptest *du*«, knurrte Leo. »Woher weiß ich, dass du die Situation nicht ausnutzen willst, um für deine eigene Zukunft zu profitieren? So, wie du es schon die ganze Zeit vorher getan hast?«

»Du weißt es nicht«, erklärte Chris geradeheraus. »Aber hast du noch eine Wahl? Wenn du nichts tust, ist die Zukunft verloren.«

»Das weiß ich«, antwortete Leo. »Aber selbst wenn ich dir glauben würde, selbst wenn ich es tun wollte – ich könnte es nicht. Ich bin keiner aus dem *Rat der Ältesten.*«

»Dann solltest du aber anfangen, dich wie einer zu verhalten«, riet Chris.

Leo sah sich unsicher um.

Er wusste nicht mehr, was er tun sollte.

Er wusste nicht mehr, was richtig oder falsch war.

Die kleine Fee flatterte über den Kopf der Statue und verstreute zum wiederholten Male ihren Zauberstaub. Der Troll gab etwas Gold dazu und Delroy hob seine Axt.

Er wartete auf Phoebes Zeichen.

Die junge Hexe hatte versucht, die Magie der Wesen durch einen Zauberspruch aus dem *Buch der Schatten* zu verstärken. Jetzt konnte man nur noch die Daumen drücken.

»Los!«, rief sie.

Delroy schlug zu.

Und tatsächlich – die steinerne Oberfläche der Statue brach, und Paige kam darunter zum Vorschein!

Phoebe atmete erleichtert auf. Sie nahm ihre Halbschwester in den Arm: »Liebes, ich bin so froh, dich wiederzusehen. Wie geht es dir?«

Verwirrt sah sich Paige um. »Was ist passiert? Wo ist Meta? Und was machen die kleinen Typen hier?«

»Ist eine lange Geschichte«, winkte Phoebe ab. »Ich erzähle sie dir auf dem Weg nach unten.«

Die beiden machten sich auf, um Piper die gute Nachricht zu überbringen.

Delroy, der Troll und die Fee blieben zurück.

»Gern geschehen«, rief der Zwerg beleidigt.

17

Piper sass auf dem weichen Sofa im Wohnzimmer. Sorgenfalten durchzogen ihr Gesicht, und man konnte sehen, dass sie geweint hatte.

Sie fühlte sich so hilflos wie seit langem nicht mehr.

Jahrelang hatte sie sich daran gewöhnt, dass Leo immer kam, wenn sie ihn rief. Es gehörte schließlich auch zu seinen Aufgaben.

Und nun, in dieser schweren Stunde, war nichts von ihm zu hören oder zu sehen.

Obwohl Piper nicht einmal daran denken wollte, dass Leo etwas geschehen sein könnte, kreisten ihre Gedanken um nichts anderes.

Phoebe kam die Treppe herunter – gefolgt von Paige! Obwohl sich Piper wirklich freute, ihre Schwester zu sehen, war sie unfähig, dies zu zeigen. Sie starrte weiter Löcher in die Luft.

»Also, die Sache mit der Versteinerung habe ich verstanden«, fasste Paige zusammen. »Aber mit der Geschichte von diesem Chris habe ich noch Schwierigkeiten.«

»Da geht es uns nicht besser«, gestand Phoebe.

Als sie endlich bei Piper angekommen waren, triumphierte Phoebe: »Schau mal, wer nicht mehr versteinert ist!«

»Schön, dass du wieder bei uns bist«, murmelte Piper. »Du hast eine ganze Menge verpasst.«

»Sieht so aus«, knurrte Paige geknickt. »Irgendwie habe ich das Gefühl, dass es alles meine Schuld ist. Ich meine, ich wollte die Titanen ja unbedingt anlocken. Und ihr dürft jetzt sagen: Wir haben dich gewarnt.«

»Wir haben dich gewarnt«, wiederholte Phoebe pflichtbewusst.

»Die Sache hat mich nur so wahnsinnig beschäftigt«, fuhr Paige fort. »Diese Träume, das Wetter – es tut mir echt Leid, wenn ich dadurch Ärger verursacht habe.«

Piper winkte müde ab: »Wir hätten auf dich hören sollen. Ich versuche, nicht in Panik zu verfallen, aber ich werde das Gefühl nicht los, dass etwas Furchtbares passiert ist.«

»Was meinst du?«, wollte Phoebe wissen.

»Ich fühle«, stammelte Piper und Tränen schossen ihr in die Augen, »dass Leo nicht mehr wiederkommt.«

Phoebe setzt sich neben ihre Schwester und nahm sie in den Arm. »Unsinn, Schätzchen. Natürlich kommt Leo wieder. Was sollte ihn den abhalten?«

»Ich weiß es nicht«, schluchzte Piper. »Aber ich muss immer an das denken, was Chris gesagt hat – dass Leo nun Zeit für sich braucht.«

Phoebe wusste nicht, was sie darauf erwidern sollte. Glücklicherweise musste ihr auch nichts einfallen, denn Delroy betrat das Zimmer. »Wir machen uns dann auf den Weg.«

»Was? Wieso?«, fragte Phoebe.

»Habt ihr nicht gehört?«, konterte der Zwerg. »Die verbliebenen Mitglieder des *Rates* sind entdeckt worden, und sie brauchen unsere Hilfe. Elzpeth bleibt hier, um auf den Kleinen aufzupassen, während ihr die Titanen bekämpft.«

»Moment mal«, unterbrach Paige. »Was redest du da von ›verbliebenen Mitgliedern‹?«

Aber Delroy war schon auf dem Weg.

»Wer hat denn gesagt, dass wir gegen die Titanen antreten müssen?«, rief Phoebe.

»Leo«, flüsterte Piper leise.

Die göttlichen Drei

Teil 2

1

SIE HATTE SEINEN NAMEN NUR GEFLÜSTERT. Und doch hatte er ihn durch die Dimensionen gehört.

Leo kam gerade aus der Halle des *Rates*, die eigentlich kein normaler Wächter des Lichts betreten durfte. In seinem Arm hielt er eine Amphore aus reiner Jade.

Chris wartete schon auf ihn.

»Piper – sie braucht mich«, sagte Leo verzweifelt.

Chris schüttelte den Kopf. »Nicht so sehr wie der Rest der Menschheit. Du musst hier bleiben – auch wenn alles vorbei ist. Du musst das System wieder aufbauen.«

Es brach Leo das Herz, aber Chris hatte Recht. »Dann geh zu ihnen, und erkläre, was hier vor sich geht.«

Chris nickte: »Viel Glück.«

Dann verschwand er.

Leo setzte sich auf die Stufen vor der großen Halle. Er stellte die Amphore auf seine Knie und nahm mit der rechten Hand den Deckel ab.

Eine weißes, waberndes Licht schwappte daraus hervor.

Es war die *Quelle*, der Urstoff, aus dem der *Rat der Ältesten* seine Macht bezog. Ohne ihn wären diese Dimension, die Wächter und alle anderen Lichtwesen nicht existent. Geschützt wie der Heilige Gral wurde die *Quelle* nur im äußersten Notfall herausgeholt und geöffnet. Jetzt war ein solcher Notfall eingetreten. Leo wusste das, und dennoch fiel ihm die Entscheidung nicht leicht. Ein mulmiges Gefühl machte sich in der Magengegend breit, als er langsam die Worte rezitierte, die jeder von ihnen wie ein Geheimnis in sich trug:

»Mein Wille ist stark, meine Seele ist rein,
die Kraft der Ältesten, sie sei nun mein!«

Die seltsame Lichtflüssigkeit erzitterte leicht. Leo spürte, wie sie sich ihm unterwarf.

Er hatte nun die Macht.

Und er wusste, was damit zu tun war.

»Leo!«, rief Piper bestimmt zum hundertsten Mal. »Wenn du mich hören kannst, melde dich!«

Endlich erschien der bekannte Funkenregen – doch es war Chris, der darin auftauchte.

»Du?«, fragte Piper. »Wo ist Leo?«

»In Sicherheit, zumindest im Moment«, antwortete der junge Wächter des Lichts. Er sah Paige das erste Mal in Fleisch und Blut. »Hi.«

»Hi«, sagte sie schüchtern zurück.

»Genug vorgestellt«, schritt Piper ungeduldig ein. »Was geht hier eigentlich vor?«

»Und was soll dieses Gerede von unserem Kampf gegen die Titanen?«, hakte Phoebe nach.

»Ihr werdet es gleich merken«, grinste Chris.

Paige gefiel es nicht, wie er das sagte. Doch sie kam nicht dazu, sich weitere Gedanken zu machen, denn durch die Decke strömte auf einmal etwas, das die Konsistenz von sowohl Milch als auch Nebel besaß. Es war nicht fest, aber auch nicht gasförmig. Halb schwebte es, halb tropfte es auf die Schwestern hinab.

Ein warmes Gefühl durchfuhr die Zauberhaften, gar nicht unangenehm. Instinktiv schlossen sie die Augen und genossen die Wellen der Ekstase.

Als es vorbei war, hatten sie sich verändert.

Wirklich verändert!

Piper kickste zuerst auf, als sie sah, dass sie und ihre

Schwestern plötzlich griechische Gewänder trugen. Und Phoebe packte sich an den Rücken, wo ihre Hand in eine gigantische Mähne griff.

Sie war plötzlich blond!

Und hatte eine Haarpracht, bei der selbst *Shakira* neidisch geworden wäre.

Paige merkte, dass sie etwas in der Hand hielt.

Es war aus Metall.

Es war so lang und ungefähr so geformt wie eine – Heugabel.

»Das habe ich gemeint«, bemerkte Chris.

»Was ist passiert?«, keuchte Phoebe entgeistert.

»Ihr seid jetzt Göttinnen«, grinste der junge Wächter des Lichts.

2

»WIE SOLLEN WIR DIE TITANEN in diesen Fummeln besiegen?«, fragte Piper verwirrt. »Steigt der Kampf während einer Kostümfeier?«

Chris schüttelte den Kopf. »Das sind keine Kostüme – sie repräsentieren eure neue Stellung und eure neuen Kräfte.«

»Kräfte finde ich gut«, knurrte Paige angriffslustig. »Wirklich gut.«

Dann fiel ihr auf, wie seltsam das klang: »Warum finde ich Kräfte gut?«

»Weil du die Göttin des Krieges bist«, erklärte Chris.

»Uiiii«, machte Paige begeistert. »Das erklärt die Heugabel.«

Sie wedelte ein bisschen damit herum, bis Chris sie unterbrach: »Das ist keine Heugabel – es ist ein Dreizack. Und sei vorsichtig! Es ist auch eine mächtige Waffe.«

»Cool!«, rief Paige. »Jetzt muss ich nur noch jemanden finden, den ich bekämpfen kann.«

»Ich will nicht kämpfen«, schnurrte Phoebe, und spielte kokett mit ihren blonden Locken. »Ich will lieben.«

»Du bist die Göttin der Liebe«, bestätigte Chris.

»Das war ja klar«, stöhnte Piper. »Dann bin ich augenscheinlich die Göttin der Vernunft, denn ich finde das alles ziemlich bescheuert.«

Chris schüttelte den Kopf. »Dir hat Leo die Macht über die Erde und ihre Elemente gegeben.«

»Leo?,« stutzte Piper. »Was hat Leo mit unseren neuen Kräften zu tun?«

Es kam zu keiner Antwort, denn Phoebe mischte sich ein. Sie sah Chris schmachtend an: »Hast du eigentlich eine Freundin, da wo du herkommst?«

Chris versuchte, sich aus der Affäre zu ziehen: »Wie ihr schon bemerkt habt, sind alle eure Wünsche und Gedanken nun durch eure neuen Kräfte motiviert. Aber davon dürft ihr euch nicht ablenken lassen.«

Er ging ein paar Schritte zurück, doch Phoebe folgte ihm wie ein Hündchen. Paige dagegen schwenkte ihren Dreizack herum.

»Moment!«, rief Piper. »Ich weiß ja nicht, was das alles soll, aber mein Mann verwandelt gewöhnlich keine Hexen in Göttinnen!«

»Wie alt bist du?«, schnurrte Phoebe den Wächter des Lichts an.

Piper versuchte, bei der Sache zu bleiben: »Der *Rat der Ältesten* würde so etwas nie zulassen, und Leo ist absolut loyal.«

Chris sah ihr in die Augen. »Stimmt, der *Rat* hat es verboten. Und das Ergebnis? Sie sind tot. Zumindest die meisten von ihnen.«

Das brachte die Schwestern wieder auf den Boden der Tatsachen zurück, und Chris konnte ungestört fortfahren: »Leo hat oben die Verantwortung übernommen. Er ist ein großes Risiko eingegangen, denn es besteht die Gefahr, dass ihr genau wie die griechischen Götter eure Menschlichkeit verliert ...«

Er wollte noch etwas sagen, aber plötzlich wurde er am Kragen gepackt und in die Höhe gewuchtet.

Es war Paige, die ihn mit ihrem Dreizack aufgespießt hatte. »Er hat den *Rat der Ältesten* bestimmt selbst auf dem Gewissen«, fauchte sie. »Wir sollten ihn kastrieren!«

»Mädels, versucht euch in den Griff zu kriegen!«, rief Chris, verzweifelt mit den Beinen strampelnd.

»Wir sollten ihm vielleicht etwas anderes abschneiden«, seufzte Phoebe verliebt.

Piper konnte das Verhalten ihrer Schwestern wieder mal

nicht fassen. Anscheinend drehte sich bei Phoebe alles um Sex – ob als Göttin oder als Sterbliche.

Chris teleportierte sich in Sicherheit und tauchte am anderen Ende des Raumes wieder auf. »Ich habe euch doch gesagt, dass ihr euch konzentrieren sollt! In meiner Zukunft sind *alle* Mitglieder ermordet worden. Ich bin durch die Zeit zurückgereist, damit Leo euch diese Kräfte gibt, und ihr es verhindert!«

Die Zauberhaften schwiegen eine Sekunde lang. Das waren schließlich gewichtige Neuigkeiten.

Dann zielte Paige mit ihrem Dreizack – und in einem Blitzgewitter explodierte das antike Piano!

»Tu das weg«, schnauzte Piper und drückte die Waffe ihrer Halbschwester nach unten. »Du wirst noch jemandem wehtun.«

»Das will ich schwer hoffen«, verkündete Paige. »Mit diesem Ding kann ich mächtig was anrichten.«

»Paige«, sagte Phoebe sanft. »Make love, not war! Liebe öffnet alle Türen, überwindet alle Mauern.«

»Das ist Leos Strategie?«, fragte Piper verwundert. »Dann hat er wohl den Verstand verloren. Mit den beiden hier kann man sich ja nicht in der Öffentlichkeit sehen lassen!«

»Das hätte ich fast vergessen!«, rief Phoebe nun. »Die Gala! Ich werde mal vorbeischauen und mir einen Mann schnappen. Oder zwei. Oder gleich alle zwölf.«

Sie klatschte in die Hände und löste sich in einem pinkfarbenen Herzwölkchen auf.

»Gute Idee«, murmelte Paige. »Ich könnte ein wenig mit meinem Dreizack trainieren. Vielleicht finde ich ja irgendwo ein paar Dämonen, die ich an die Wand nageln kann.«

Sie verschwand ebenfalls, wenn auch nicht so kitschig wie Phoebe.

»Ich wusste doch, dass das passieren würde«, knurrte Chris wütend. »Du musst sie wieder zurückholen.«

»Kommt nicht in Frage«, antwortete Piper. »Es war deine großartige Idee – also löffelst du die Suppe auch wieder aus.«

»Du bist die ausgleichende Kraft«, erklärte der Wächter des Lichts. »Darum fühlst du dich auch so vernünftig und stark.«

»Wow«, sagte Piper hämisch, »du klingst fast schon wie ein echter Wächter des Lichts. Dummerweise habe ich allerdings schon einen – und mit dem bin ich verheiratet. Wenn die Mächte des Lichts also wollen, dass ich etwas tue, dann soll er kommen und es mir sagen. LEO!«

Sie hatte langsam die Nase voll.

»Du willst Leo?«, fragte Chris. »Dann vernichte die Titanen. Ansonsten wirst du erleben, wie eine Welt aus Leid und Dunkelheit aussieht – meine Welt.«

Er sagte das ganz ruhig, mehr wie ein Versprechen als eine Drohung.

Phoebe wurde unsicher.

Was, wenn Chris die Wahrheit sagte? Was, wenn es die Aufgabe der Zauberhaften war, als Göttinnen gegen die Titanen anzutreten?

3

Er war seit Stunden als Wolke über die Erde gezogen, hatte seine mentalen Fühler ausgestreckt und auch die kleinsten Spuren verfolgt. Nun kehrte Dimitrios wieder auf die Bergspitze zurück, auf der Kronos ihn erwartete.

»Ich kann die verbliebenen Mitglieder des *Rates* spüren«, erstattete er Bericht. »Sie sind auf der Flucht und haben Angst.«

Sein Gesicht war wie versteinert und seine Stimme kalt wie das Eis, das sie umgab.

Kronos wusste diese Zeichen zu deuten: »Du bist immer noch wütend, weil ich sie vernichtet habe. Es tut mir Leid, Dimitrios, aber Meta war eine unnötige Komplikation in unserem Plan. Wenn uns erst die Macht über Himmel und Erde gehört, kannst du jede Frau haben, die du willst. Aber immerhin ist es mir gelungen, den *Rat* hart und schmerzhaft zu treffen.«

Dimitrios antwortete nicht. Er sah nur zum Himmel auf, an dem sich schwarze Wolkenberge türmten.

»Dimitrios«, fuhr Kronos fort, »wir werden nun unsere Rache an den Mitgliedern des *Rates* vollenden.«

Gemeinsam machten sich die Titanen auf den Weg.

»Meine Damen, halten sie ihre Scheckbücher nicht zu gut fest, denn hier kommt ... Evan!«

Lorna Grant wusste sehr gut, wie man eine Menge aufpeitschte. Angesichts der Absage von Phoebe Halliwell hatte sie die Moderation der Wohltätigkeitsgala übernommen, und es machte ihr wirklich Spaß.

Evan erhob sich von seinem Platz und schritt die drei Stufen zur Bühne hoch. Anerkennendes Raunen ging durch das vorwiegend weibliche Publikum.

Er sah ja auch wirklich viel versprechend aus – groß, dunkelhaarig, sportlich und mit einem jungenhaften Lächeln auf dem attraktiven Gesicht.

Es wurde denn auch heftig geklatscht.

Evan wurde tatsächlich ein wenig rot, was die Mädels noch mehr begeisterte.

»Kann mal jemand die Heizung runterdrehen?«, rief Lorna theatralisch. »Mir wird heiß!«

»Ich muss doch nicht etwa meine Klamotten ausziehen, oder?«, fragte Evan.

Jetzt geriet das Publikum völlig außer Rand und Band.

»Okay, Ladys«, begann Lorna von ihrer Karte abzulesen, »Evan ist Internist aus Sausalito und verspricht der glücklichen Gewinnerin nicht nur ein romantisches Abendessen – sondern auch eine *sehr* gründliche Generaluntersuchung.«

Wieder wurde geklatscht und gepfiffen.

»Okay, wer bietet zuerst?«

Eine attraktive, aber etwas zu verzweifelt wirkende Mittdreißigerin riss ihren Arm hoch: »Vierhundert Dollar!«

»Exzellent!«, rief Lorna. »Höre ich fünfhundert?«

Ein paar Sekunden lang tat sich gar nichts.

Dann ertönte eine Stimme aus dem hinteren Teil des Saales: »Tausend Dollar!«

Aufgeregtes Gemurmel verwandelte sich in blankes Erstaunen, als die großzügige Bieterin ins Licht der Scheinwerfer trat.

Es war Phoebe Halliwell!

Oder zumindest eine junge Frau, die Phoebe wie aus dem Gesicht geschnitten war. Im Gegensatz zu der Kolumnistin des *Bay Mirror* trug diese junge Dame allerdings eine griechische Toga und hatte schier endlose blonde Locken, die sich um ihren Körper schmeichelten.

Wie in Zeitlupe schwebte sie durch den Raum. Ihrer Ausstrahlung konnte sich niemand widersetzen. Nicht nur den Männern hingen die Kinnladen auf Kniehöhe – auch die Frauen konnten vor Bewunderung kaum an sich halten.

Langsam kam diese ... diese Göttin auf die Bühne zu.

Evan war wie verzaubert. Er drehte das Mikrofon, in das eigentlich Lorna sprechen sollte, in seine Richtung: »Kann ich auch auf sie bieten?«

Lorna war zu überrascht, um zu reagieren. So hatte sie ihre Angestellte ja noch nie gesehen!

»Wenn du willst«, hauchte Phoebe und jedes Wort war ein Versprechen.

»Meine Kreditkarte hat ein Limit bei zehntausend Dollar!«, rief Evan, als täte es ihm Leid.

Jetzt fing sich Lorna wieder – zehntausend Dollar waren kein Pappenstiel, wenn es um bedürftige Kinder ging. »Prima, das ist ja ein Super-Preis!«

Doch nun stand ein anderer Junggeselle auf. »Elftausend Dollar!«

Immer höhere Zahlen begannen durch den Raum zu schwirren, und ein Bewerber warf sich der entzückten Phoebe gleich zu Füßen. Ein paar Frauen verdrehten genervt die Augen – da konnten sie nicht mehr mithalten.

Phoebe hob die Hände, um ein bisschen Ruhe in den Raum zu bringen. »Nun mal langsam!« Sie grinste schelmisch. »Es ist genug für alle da!«

Sie war schließlich die Göttin der Liebe.

Und hatte einen Heidenspaß.

4

Es war eine Waldlichtung in den schottischen Highlands. Paige hatte sich diesen Platz absichtlich ausgesucht, weil hier keine unschuldigen Beobachter vorbeikommen konnten. Und angesichts der Stämme, die hier früher ihre Kriege ausgefochten hatten, schien ihr der Ort auch angebracht.

Es war ungefähr ein halbes Dutzend schmutziger und wilder Gestalten, die sie umzingelten. Orks, Halbwölfe, Wiedergänger – nicht gerade die Creme de la Creme der Unterwelt. Eher schon die Südkurve.

»Gut, Jungs, gebt euer Bestes«, knurrte Paige, den Dreizack in der linken Hand.

Ein Halbwolf versuchte es zuerst. Er schleuderte einen blauen Feuerball aus seiner Hand, mit dem er die selbstsichere junge Frau verbrennen wollte.

Paige hätte selbst als normale Hexe die Möglichkeit gehabt, den Energiestoß zu blocken.

Als Göttin gelang ihr jedoch viel mehr!

Mit einer schnellen Bewegung des rechten Handgelenks fing sie den Feuerball auf und begann damit, ihn auf ihrer Handfläche tanzen zu lassen. Dann ballte sie die Faust und zerquetschte ihn.

Sie blickte wieder entschlossen in die Runde, und in ihren Augen brannte der Stolz. »Gebt mir einen festen Stand und ich kann die Erde bewegen«.

Sie hob den Dreizack, und mit einem schnellen Blitz machte sie dem Halbwolf den Garaus.

Die verbliebenen Dämonen sahen sich unsicher an.

»Archimedes hat das gesagt«, verkündete Paige. »Ein großer Krieger – und er hatte nicht einmal einen Dreizack!«

Sie streckte hochmütig die Hand aus: »Küsst die Hand der Paige!«

Die Dämonen sackten sofort auf die Knie. Niemand wollte sich den Zorn dieser zierlichen, aber scheinbar sehr mächtigen Gestalt zuziehen.

Paige genoss ihre Macht sichtlich. Heißkalte Schauer liefen ihren Rücken herunter, als die Dämonen der Reihe nach ihre Hand küssten und der neuen Herrin Loyalität versprachen.

»Was soll das denn?«, fragte Piper scharf, als sie hinter Paige materialisierte.

»Wie hast du mich gefunden?«, blockte Paige ab. Sie fühlte sich sichtlich ertappt.

»Es gehört wohl zu meinen neuen Kräften, dass ich über eure ›Ausflüge‹ Bescheid weiß. Und da ich als Göttin schließlich erscheinen kann, wann und wo es mir gefällt, ist es nicht schwer, euch im Auge zu behalten«, erklärte Piper. »Noch einmal – was geht hier vor?«

Paige zuckte mit den Schultern. »Nichts – ich baue mir bloß eine Armee auf. Ich dachte mir, mit einer Horde von Dämonen lassen sich die Titanen doch gleich viel leichter bekämpfen – richtig?«

»Falsch«, stellte Piper kategorisch fest. Sie drehte sich zu den Kreaturen, die immer noch auf dem Boden kauerten: »Macht euch davon.«

»Wir gehorchen nur unserer Herrin«, hechelte ein Ork, während er hündisch zu Paige aufblickte.

Die junge Hexe nickte begeistert. »Siehst du? Die sind wirklich loyal. Ich weiß gar nicht, warum ich meine Zeit mit Hexerei vertan habe, während ich doch ganz klar zur Feldherrin geboren bin.«

Phoebe wusste, dass Paige unter dem Einfluss ihrer neuen Kräfte stand, darum ging sie auf den Unsinn gar nicht erst ein. Sie sprach noch einmal zu den Dämonen: »Ich sagte – hinfort!«

Ihr Befehl wurde von einem Erdbeben unterstrichen, das den Höllendienern eine Heidenangst einjagte.

So groß war ihre Loyalität dann doch nicht, und einer nach dem anderen löste sich in Luft auf.

»Warum hast du das gemacht?«, fragte Paige schmollend. »Das waren meine Anhänger!«

»Wir brauchen keine Anhänger«, belehrte sie Piper. »Und wir sollten auch keine haben. Und nun komm – bevor *ich* mich mal austobe.«

Sie packte ihre Halbschwester am Arm und materialisierte zurück ins Halliwell-Haus.

Dort angekommen, stolperten sie fast über Elzpeth, die den Kinderwagen von Wyatt durch die Diele schob.

Die kleine Elfenfrau war sichtlich empört. »Dies ist ein Haus mit fragwürdigen Sitten – und kein Ort, um Kinder aufzuziehen!«

Paige und Piper kamen nicht mal dazu, nachzufragen, denn das Kindermädchen brachte den Jungen außer Reichweite.

Aus dem Wohnzimmer drangen Geräusche zu ihnen. Paige wollte nachsehen, aber Piper nahm ihr erst einmal den Dreizack ab. »Damit wirst du im Haus nicht rumwedeln.«

Sie stellte die Göttinnenwaffe in den Dielenschrank zu den Regenschirmen.

Als die Schwestern ins Wohnzimmer traten, trauten sie ihren Augen nicht. Es sah aus wie ein Bordell aus Tausendundeiner Nacht!

Überall knieten halbnackte Männer herum. Einige von ihnen fächerten mit riesigen Pfauenfedern durch die Luft, während andere Schalen mit Früchten trugen.

Inmitten der opulenten Dekadenz saß Phoebe – oder besser gesagt, die Göttin der Liebe. Sie hatte das Sofa in eine knallrote Chaiselongue verwandelt, auf der sie sich räkeln konnte. Einer ihrer Diener massierte ihre Füße, während ein anderer sie mit Trauben fütterte.

»So ist es recht«, flötete sie.

Paige und Piper traten in ihr Blickfeld. Paige war viel zu überrascht, um etwas zu sagen, darum ergriff die Älteste der Halliwell-Schwestern das Wort: »Phoebe, wir müssen reden.«

Die junge Liebesgöttin war sichtlich froh, ihre Mitstreiterinnen zu sehen. »Genau! Das müssen wir! Auf der Erde würden Liebe und Verständnis herrschen, wenn die Menschen mehr miteinander reden würden!«

Piper unterdrückte nur mühsam einen Seufzer. »Was machen die Kerle hier?«

Phoebe sah sich gelassen um. »Sie preisen mich, lesen mir jeden Wunsch von den Lippen ab, huldigen meinen Namen – das Übliche. Alles ist Liebe.«

Sie aß eine weitere Traube.

»Das nervt«, stellte Piper fest. »Schick deine Groupies heim.«

»Aber mir zu dienen, ist ihr ganzes Glück«, protestierte Phoebe. Sie nahm einen Weinkelch entgehen: »Danke, Junggeselle Nummer drei.«

Piper klatschte in die Hände: »Die Show ist vorbei, alle bitte raus hier.«

Hinter einem der Fächer linste Evan hervor: »Wir leben, um Phoebe zu dienen.«

»Das ist so süß von euch«, schnurrte Phoebe und gab sich ganz der Fußmassage hin. »Piper, du solltest dir auch ein paar Anhänger zulegen, das ist wirklich gut für das Selbstbewusstsein.«

Paige machte einen Schritt auf einen Mann zu, der ihr einen Blick zugeworfen hatte: »Hast du ein Problem, Soldat?«

Zu allem Überfluss erschien nun auch noch Chris, der

gar nicht fassen konnte, was er vorfand. »Seid ihr denn nun völlig durchgedreht? Ich habe euch doch gesagt, dass ihr eure Triebe im Zaum halten müsst!«

»Keine Panik, Chris«, sagte Piper gelassen, »ich habe alles unter Kontrolle. »Und jetzt: RAUS MIT EUCH!«

Ihre letzten Worte hallten wie ein Donnerschlag, und eine Windböe fegte die Junggesellen aus der Tür, obwohl einige von ihnen verzweifelt versuchten, sich irgendwo festzuhalten.

Als das Donnerwetter vorbei war, hatten die drei Schwestern endlich Ruhe. Phoebe passte das natürlich gar nicht, und sie schmollte.

»So ist es besser«, sagte Chris.

»Zeit für einen Moral-Check«, verkündete Piper und sah ihre Schwestern streng an: »Leo hat uns die Kräfte nicht gegeben, damit wir Armeen aufbauen – oder Liebestempel. Diesen Fehler haben die Griechen gemacht. Und was ist aus ihnen geworden?«

»Sie sind als kleingeistige, rachsüchtige Streithähne untergegangen«, sprang Chris ein.

»Danke, aber ich komme schon klar«, wies die Hexe den Wächter des Lichts zurecht. Sie knuffte Phoebe, die gerade wieder Chris anhimmelte, in die Seite. »Können wir bei der Sache bleiben?«

»Klarheit und Vernunft sind die Stärken jedes guten Anführers«, verkündete Paige. »Cassidus, hundert nach Christus.«

»Ein Bett im Kornfeld, das ist immer frei«, zitierte Phoebe, »Jürgen Drews, 1974.«

»Großartig«, stöhnte Piper. »Können wir nun endlich einen Plan aufstellen, wie wir die Titanen besiegen wollen? Ich hätte nämlich gerne wieder meine Familie zurück.«

Ein sphärisches Geräusch war zu hören.

»Ist das ein Ruf von oben?«, fragte Piper skeptisch.

»Leo?«, mutmaßte Phoebe.

»Leo kann keinen Ruf aussenden – das kann nur ein Mitglied des *Rates*«, erinnerte Piper.

»Kann Leo einen Ruf aussenden?«, fragte Paige.

»Er kann«, erklärte Chris. »Und er will uns damit sagen, dass ein Mitglied des *Rates* bedroht wird. Ob ihr wollt oder nicht – ihr müsst euch nun den Titanen stellen.«

5

»BLEIB HINTER MIR«, knurrte der kleine Gnom wütend und wedelte mit seinem Stab in Richtung der Titanen.

»So viel Mut im Angesicht des Todes«, sagte Kronos anerkennend.

Er hatte kein Interesse an dem Gnom. Er wollte das Mitglied des *Rates*, das sich hinter ihm versteckte.

»Wir werden sehen, wer heute dem Tod gegenübertritt«, verkündete der Gnom und sprach eine Zauberformel, die einen Regenbogen aus dem Boden wachsen ließ. Er griff seinem Schützling an dem Ärmel, und ihre Körper begannen, sich aufzulösen.

Kronos beeilte sich nicht. Er hob nur den Arm, und mit einem Flammenstrahl brach er die Kraft des Regenbogens.

Aus der Zwischenwelt war ein Schrei zu hören, und ein Körper fiel aus heiterem Himmel wieder zu Boden – zusammen mit dem brennenden Stock des Gnoms.

»Erinnere mich daran, den Rest der Gnome für diesen Verrat zahlen zu lassen«, ermahnte Kronos Dimitrios.

Das Mitglied des *Rates* rappelte sich auf und schob seine Kapuze nach hinten. Es war Roland. »Wir haben euch schon einmal besiegt – wir werden es wieder tun.«

Obwohl die Lichtwesen selbst freundlicher Natur waren, merkte man ihm seinen Zorn an.

»Wie wollt ihr das machen?«, höhnte Kronos. »Eure Zahl schwindet, und am Ende dieses Tages werdet ihr alle ausgelöscht sein. Dann ist der Himmel unser.«

Ein Windstoß blies Laub in die Luft, und zwischen den Titanen und Roland flirrte die Luft.

Es waren die Halliwell-Hexen.

Schon als Kronos ihre Gewänder sah, schwante ihm nichts Gutes.

»Wer seid ihr?«, verlangte er zu wissen.

»Atomic Kitten«, zischte Paige und schoss einen Energiestrahl aus ihrem Dreizack.

Kronos hob die Hand und es gelang ihm mühelos, den Blitz abzublocken.

»Sie hat die Macht der Götter«, flüsterte Dimitrios.

»Egal – wir müssen das Mitglied des *Rates* töten!«, zischte Kronos.

Sie vereinten ihre Kräfte, und eine mächtige Flamme schoss aus ihren Körper auf die drei frisch geborenen Göttinnen.

Instinktiv hoben die Halliwells abwehrend die Hände.

Patt, Stillstand – ihre Kräfte waren stark genug, Kronos und Dimitrios zu widerstehen. Aber nicht stark genug, um sie zu besiegen.

»Eine von euch muss Roland hier wegbringen«, flüsterte Piper.

»Ich kann mich nicht bewegen«, knurrte Paige, die mühsam die Abwehr gegen die Titanen aufrechterhielt.

»Ich auch nicht«, murmelte Phoebe. »Was machen wir denn jetzt?«

»Leo!«, rief Piper.

Die Reaktion kam fast augenblicklich – das Mitglied des *Rates* und die drei Schwestern wurden aus der Gefahrenzone teleportiert.

Zurück blieben zwei verblüffte Titanen.

»Wo sind sie hin?«, fragte Dimitrios.

Kronos hatte auch keine Antwort.

Aber eins war ihm klar – mit drei neuen Göttinnen im Spiel waren seine Pläne zur Eroberung der Welt gerade bedeutend schwerer geworden.

Das alte Kloster war seit Jahrzehnten verlassen. Schwamm und Pilz hatte die Steinmauern durchdrungen, fauliges Wasser stand auf dem Boden. Pflanzen hatten sich der Außenwände bemächtigt und ließen nur wenig gefiltertes Licht in die nackten Räume fallen.

Den Rat störte es nicht. Sie waren froh, dem Massaker entgangen zu sein. In braun-goldene Kutten gekleidet, liefen sie durch die Gänge des Klosters und fanden sich immer wieder in kleinen Gruppen zusammen, um das weitere Vorgehen im Flüsterton zu besprechen. Licht spendeten dutzende von kleinen Sternen, die über ihren Köpfen hin und her schwebten.

»Alles okay?«, fragte Piper, als die Schwestern vollends materialisierten.

»Nein«, grummelte Phoebe, während sie ihre Haarpracht abtastete. »Sind meine Spitzen angesengt?«

»Die sind in Ordnung«, versicherte ihr Piper.

»Sieht aus, als wären wir doch nicht so allmächtig«, stellte Paige enttäuscht fest. »Wie sind wir aus dem Schlamassel überhaupt rausgekommen?«

»Leo muss uns geholfen haben«, vermutete Piper. »Aber diese Kraft hat er doch gar nicht.«

»Jetzt anscheinend schon«, entschied Paige, »denn wir haben es ja geschafft. Wo sind wir hier überhaupt – in einem Abwasserkanal?«

»Dies ist unsere Zuflucht«, erklärte Roland, der soeben von einem kurzen Gespräch zurückgekehrt war.

Noch bevor Piper sie aufhalten konnte, warf Phoebe sich dem gut erhaltenen Lichtwesen an den Hals. »Na, so was – ein knackiges Mitglied des *Rates*. Gibt es bei euch eigentlich das Zölibat?«

»Phoebe«, ermahnte sie ihre Schwester, »reiß dich zusammen!«

Sichtlich enttäuscht zog sich die Hexe von ihrem momentanen Schwarm zurück.

»Was heißt das – Zuflucht?«, fragte Paige.

»Es ist ein Ort, an dem wir sicher sind«, erklärte Roland. »Leo hat ihn geschaffen.«

»Sicher seid ihr hier nicht«, kritisierte Paige. »Ich kann an allen Ecken und Enden ungeschützte potenzielle Angriffsziele sehen.«

Da sprach wieder die Göttin des Krieges aus ihr.

»Keine Sorge«, sagte Roland. »Die Titanen werden uns hier nicht finden. Ein Netz aus Feenmagie schirmt uns ab. Auch das war eine Idee von Leo.«

Er deutete auf die Lichter über ihren Köpfen.

»Das hat Leo alles organisiert?«, fragte Piper überrascht.

»Ich war selbst überrascht«, gab Roland zu. »Ich gehörte immer zu denen, die sein Vorgehen ablehnten. Die Heirat mit einer Hexe erschien mir – unpassend. Jetzt tut es mir Leid, dass ich ihn so falsch beurteilt habe.«

»Das sollte es auch«, sagte Piper knapp.

Phoebe nutzte die Zerknirschtheit des Lichtwesens, um es mitfühlend in die Arme zu nehmen.

»Diesen Fehler werde ich nicht noch einmal begehen«, fuhr Roland fort, »ohne Leo wären wir alle längst tot. Er ist unterwegs, um andere versprengte Mitglieder des *Rates* zu finden und sie hierher zu bringen. Wir verdanken ihm alles.«

»Sieht ganz so aus«, seufzte Piper. Obwohl sie ihn vermisste, sah sie ein, dass er wichtigere Aufgaben zu erledigen hatte.

»Viel Glück bei eurem Kampf gegen die Titanen«, sagte Roland zum Abschied.

»Eine Frage noch«, meldete sich Phoebe.

»Ja?«, sagte Roland.

»Was tragt ihr eigentlich unter euren Kutten?« Sie grinste schelmisch.

»Weitere Kutten«, erwiderte Roland höflich.

Dann ging er davon.

»Das ist so scharf«, schnurrte Phoebe.

Piper und Paige verdrehten die Augen. Phoebe war ja schon im Normalzustand hormonell überdreht, aber als Liebesgöttin war sie beinahe nymphoman.

»Langsam werde ich dieser ganzen Sache müde«, erklärte Piper.

»Ein Krieger im Angesicht der Schlacht darf nicht müde sein«, zitierte Paige wieder irgendeine obskure Quelle.

»Ich meine das nicht wörtlich«, sagte Piper. »Aber ich will nicht ständig Informationen aus zweiter Hand haben. Leo soll uns gefälligst selbst Bescheid geben.«

»Piper, ich spüre eine emotionale Blockade in deiner Aura«, hauchte Phoebe. »Was ist los?«

»Ich will mit meinem Mann reden«, konstatierte Piper. »Ich finde es ja wirklich gut, dass er sich in schweren Zeiten als Held der Lichtgestalten erwiesen hat, aber irgendwann ist es doch genug.«

Sie blickte nach oben: »Leo! Erinnerst du dich noch an mich – deine Ehefrau?«

Ein leichtes Klingeln ertönte – das übliche Zeichen, dass ›oben‹ zugehört wurde.

Jetzt rastete Piper erst recht aus: »Ich will keine Klingelei! Ich will, dass du HIERHER KOMMST!!!«

Sie war so aufgeregt, dass sie die Kontrolle über ihre göttlichen Kräfte verlor, und plötzlich begann der Boden unter dem Kloster gefährlich zu beben.

Sogar ein paar von den Mitgliedern des *Rates* mussten sich am Mauerwerk festhalten.

Als die Erdstöße vorbei waren, kritisierte Paige ihre Schwester: »Musste das sein? So lockst du unsere Feinde ja förmlich an!«

Phoebe versuchte es mit der verständnisvollen Tour: »Ich bin sicher, Leo kennt jetzt deine Gefühle und wird jeden Augenblick auftauchen.«

Sie warteten.

Drei, fünf, zehn Sekunden.

»Mit ›jeden Augenblick‹ habe ich eigentlich ›jetzt‹ gemeint«, erklärte Phoebe unsicher.

Weitere Sekunden vergingen und Piper lief wieder rot an vor Wut.

»Es ist ja nicht so, dass er nicht beschäftigt wäre«, versuchte Phoebe die Lage zu entschärfen. »Er rettet immerhin gerade die Welt.«

»Und damit hält er uns den Rücken frei, damit wir die Titanen besiegen können«, pflichtete Paige ihr bei. »Auch wenn ich keine Ahnung habe, wie wir das machen sollen – die hatten ja nun wirklich keinerlei Probleme mit meinen Kräften.«

»Dann probieren wir zur Abwechslung mal meine aus«, sagte Phoebe und zwirbelte an ihren Haaren herum.

6

PHOEBE SASS wieder auf der Chaiselongue im Wohnzimmer, diesmal leider ohne die halbnackten Diener. Wenigstens waren die Schalen mit dem Obst noch da, und sie kaute gerade genüsslich auf einer Traube, als Dimitrios den Raum betrat.

»Ich habe auf dich gewartet«, sagte Phoebe im verführerischsten Tonfall, den sie im Repertoire hatte. »Mein ganzes Leben.«

Sie stand auf, und als sie vor dem mächtigen Titanen stand, schaute sie ihm schmachtend in die Augen.

Es war einer der ältesten Tricks im Flirt-Business, aber er funktionierte eigentlich immer.

»Warum?«, fragte Dimitrios.

Er war sichtlich angetan, aber nicht gerade dumm, und Phoebe hatte in der Tat keine passende Antwort parat.

»Nicht wichtig«, sagte sie deshalb knapp und griff sich eine Pfauenfeder aus der alten Chinavase. »Das Einzige, was zählt, ist: Du bist hier und ich bin hier.«

Sie strich ihm mit der Feder über die blanke Brust. »Weißt du, was das heißt?«

»Dass wir beide hier sind?«, fragte Dimitrios ein wenig verdattert.

»Genau – ganz allein«, flüsterte Phoebe und ging nun zum Frontalangriff über. »Willst du mich?«

»Unbedingt«, knurrte der Titan. Er beugte sich vor, um sie zu küssen.

»Ich gehöre dir«, schnurrte Phoebe, drehte aber in letzter Sekunde den Kopf weg. »Und was wird Kronos denken?«

»Das ist mir egal«, murmelte Dimitrios, der nicht sehen

konnte, dass Kronos in diesem Moment hinter ihm auftauchte. »Wenn er mich aufhalten will, werde ich ihn ...«

»Du wirst mich was?«, fragte Kronos hämisch.

Dimitrios ließ Phoebe los und machte eine radikale Kehrtwende: »Die Göttin wollte mich verführen. Ich habe nur mitgespielt, bis du kamst.«

Er stellte sich demonstrativ neben seinen Herrn.

»Verdammt«, knurrte Phoebe.

Augenblicklich sandten die beiden Titanen ihre todbringenden Strahlen aus.

Das wäre das Ende der Göttin Phoebe gewesen, wenn nicht im selben Augenblick Paige aus der Diele getreten wäre, um die von ihr herbeigezauberten Trugbilder verschwinden zu lassen.

»Schluss mit den Trockenübungen«, sagte sie frustriert.

Sie hatten bestimmt zwei Dutzend Szenarien mit Doppelgängern von Kronos und Dimitrios durchgespielt – und keine Taktik hatte auch nur ansatzweise funktioniert.

»Meine Kräfte helfen also auch nicht weiter«, resümierte Phoebe.

»Ich brauche jetzt mal eine Pause«, stöhnte Paige.

Sie warf sich in einen bequemen Sessel. Phoebe nahm auf der gegenüber aufgestellten Couch Platz. »Wie haben die alten Griechen das denn gemacht?«

»Na ja«, begann Paige, »zuerst einmal gab es viel mehr von denen als von uns. Sie bevölkerten schließlich eine komplette Bergspitze, bis sie von ihren eigenen Kräften überwältigt wurden.«

»Aber der Machtfaktor war auch der Ausschlag dafür, dass sie als Götter verehrt wurden«, überlegte Phoebe.

»Da würde ich mich lieber bei lebendigem Leib kochen lassen«, knurrte Paige.

»Für mich ist das keine Option«, hielt Phoebe dagegen. »Mann, ich vermisse Leo.«

Wie aufs Stichwort kündigte ein Funkenregen einen Wächter des Lichts an – aber es war nur Chris. Phoebe sah dementsprechend enttäuscht aus.

»Du bist es nur«, sagte auch Paige wenig begeistert.

»Danke für den warmherzigen Empfang«, grummelte Chris. »Die Mitglieder des *Rates* sind jetzt alle in Sicherheit. Wo ist Piper?«

»Sie ist bei dem Kind«, erklärte Phoebe. »Kannst du Leo hierher bringen?«

»Der hat zu tun«, stellte Chris klar. »Wie geht's hier?«

»Nicht gut«, gab Paige zu. »Wir versuchen eine Strategie zu finden, die es uns erlaubt, die Titanen zu vernichten, aber jede Simulation endet auf die gleiche Weise.«

»Wir werden geröstet«, vollendete Phoebe das Szenario.

»Wir könnten Leo wirklich gut gebrauchen«, nölte Paige wieder.

»Das habe ich schon verstanden«, sagte Chris genervt.

»Kannst du ihn nicht herbringen?«, hakte Phoebe erneut nach.

»Zum letzten Mal – nein!«, rief Chris ungehalten. »Was ist denn bloß los mit euch? Ihr benehmt euch, als hättet ihr schon aufgegeben.«

»Ich weiß auch nicht, was es ist«, gab Phoebe kleinlaut zu. »Vor einer großen Schlacht bin ich immer nervös. Und dann kommt normalerweise Leo – und irgendwie schafft er es, mich so weit aufzubauen, dass ich das Gefühl habe, alles zu schaffen.«

»Bei mir ist es etwas anderes«, berichtete nun Paige. »Ich habe immer die Angst, alles zu vergessen, was ich im Training gelernt habe. Leo hilft mir, mich zu konzentrieren. Das klappt immer.«

Chris rieb sich die Augen. Diese Hexen machten ihn wirklich fertig.

Natürlich legte Phoebe noch mal nach: »Bist du absolut sicher, dass es keinen Weg gibt, Leo zu holen?«

»Leo ... Leo ist oben! Er hat zu tun! Und das wird dauern, bis er ...«, begann Chris wütend, aber dann fing er sich wieder. »Ich werde das nicht noch mal durchkauen. Was muss ich sagen, um euch wieder in Form zu bringen?«

»Versuch's mal damit«, begann Phoebe, »das hat bei Leo auch immer geklappt: Eure Kraft kommt aus euren Herzen.«

»Oder sag einfach: Vertraut der Kraft der Zauberhaften«, schlug Paige vor.

»Ein Klassiker ist auch: Ich werde das mit dem *Rat* besprechen«, kicherte Phoebe. »Glaubst du im Ernst, dass er das wirklich gemacht hat?«

Paige grinste. »Nie im Leben. Der hat sich bloß in eine Bar teleportiert, um dort mit seinen Kumpels ein Bierchen zu zischen. Wahrscheinlich haben sie sich so zugeprostet: Auf meine Frau und ihre Schwägerinnen, die denken, ich wäre im Himmel – und das bin ich auch.«

Erst durch diese liebevollen Anekdoten ging Chris wirklich ein Licht auf. »Ihr seid tatsächlich hilflos ohne Leo!«

Paige und Phoebe konnten nur mit den Schultern zucken und schief lächeln.

7

»Es ist noch jemand hier«, knurrte Kronos, als er durch die Halle des *Rates* schritt. Ein Blick auf die Leichen, und er ergänzte: »Jemand, der lebt.«

»Vielleicht hat die Magie in der sterblichen Welt zugenommen, während unserer Abwesenheit«, überlegte Dimitrios.

»Dimitrios, sie hatte den Dreizack!«, schnauzte Kronos. »Den Dreizack! Das bedeutet, dass jemand hier oben den Sterblichen die göttlichen Kräfte gegeben hat.«

»Und selbst wenn?« Dimitrios fühlte sich in dieser Dimension sichtlich unwohl. »Wir werden sie besiegen – sie hatten beim letzten Mal doch nur Glück gehabt.«

Kronos drehte sich entnervt zu seinem Lakaien. »Und dann? Dann wird das Mitglied des *Rates*, das sich noch hier oben versteckt hält, weitere Sterbliche zu Göttern machen. Es endet hier – oder es endet nie!«

Er machte ein paar weitere Schritte. Seine Instinkte erlaubten es ihm, den Gegner zu erahnen, aber leider nicht mehr.

Derweil versteckte sich Leo hinter einer der Marmorsäulen, die überall herumstanden und deren Spitzen bis in die Unendlichkeit des Himmels zu reichen schienen. Er wagte es nicht, sich zu bewegen oder einen Laut von sich zu geben. Zu fliehen war auch nicht möglich, denn Kronos wäre es zu leicht gefallen, seiner Teleportationsspur zu folgen.

Nein, er musste ausharren und hoffen, dass Kronos und Dimitrios ihn nicht fanden.

Doch das wurde immer unwahrscheinlicher. Kronos war nur noch wenige Schritte von ihm entfernt, und er hielt die

Hand erhoben, als könne er damit Schwingungen registrieren.

Leo saß in der Falle. In seinem Kopf raste alles, und er spielte alle Möglichkeiten durch, die ihm noch blieben.

Es waren nicht viele.

Kronos und Dimitrios standen nun schon vor der anderen Seite der Säule.

Leo hielt den Atem an und konzentrierte sich auf seine neuen Kräfte. Seine Gestalt verschwamm und wurde schließlich unsichtbar. Er befand sich noch am selben Ort, aber zu sehen war er nicht mehr.

Kronos machte einen weiteren Schritt und stand nun direkt vor Leo, der verzweifelt versuchte, kein Geräusch zu machen. Ihm kam eine verrückte Idee – was, wenn Kronos ihn *riechen* konnte?

Doch der Titan senkte frustriert die Hand und drehte sich zu Dimitrios: »Ich könnte schwören, dass er hier irgendwo ist.«

»Aber niemand ist zu sehen«, bestätigte Dimitrios das Offensichtliche.

»Wir suchen weiter«, befahl Kronos.

Die beiden Titanen schritten davon.

Leo wurde wieder sichtbar.

Es musste etwas geschehen.

Und zwar schnell.

Piper schaukelte den kleinen Wyatt zärtlich hin und her. In vielerlei Beziehung war er momentan ihr einziger Halt, ihre einzige Verbindung zu Leo.

Sie wusste nicht mehr, was sie tun sollte. Alles um sie herum schien zusammenzubrechen.

Wie konnte es sein, dass sie die Kraft einer Göttin besaß und sich trotzdem so hilflos fühlte?

»Ich weiß, dass du ihn vermisst«, flüsterte sie dem Baby zu, »ich vermisse ihn ja auch.«

»Ich brauche deine Hilfe«, sagte Chris und trat ohne Vorankündigung in den Raum.

»Dies ist mein Schlafzimmer«, sagte Piper scharf. »Du kannst hier nicht einfach so reinmarschieren.«

»Ich weiß«, sagte Chris. »Aber deine Schwestern brauchen dich. Sie suchen nach einer Strategie gegen die Titanen, kommen aber zu keinem Ergebnis.«

Piper legte das Baby in die Wiege. »Ich dachte, *du* brauchst meine Hilfe.«

»Tue ich ... und sie auch«, stotterte der Wächter des Lichts. »Eigentlich brauchen sie Leo. Kannst du nicht mit ihnen reden?«

»Oh, gehen dem allwissenden Chris die Antworten aus?«, piesackte ihn Piper.

»Ja!«, rief Chris entnervt. »Wenn es dich glücklich macht – ja, mir gehen die Antworten aus. Und das ist nicht gut, denn es bedeutet, dass sich die Geschichte wiederholen wird, weil niemand bereit ist, etwas zu unternehmen!«

»Ich verstehe deinen Frust«, erwiderte Piper, aber in ihrer Stimme lag kein Mitleid.

»Du brauchst Leo«, stöhnte Chris. »Ich hab's ja kapiert. Du brauchst ihn, und deine Schwestern brauchen ihn.«

»Das Baby«, fügte Piper hinzu. »Mein Sohn braucht seinen Vater.«

»Fein, auch das! Aber wenn du das nicht mal lange genug beiseite lassen kannst, um den größeren Zusammenhang zu sehen ...«

»Es gibt keinen größeren Zusammenhang als meine Familie«, korrigierte ihn Piper.

»Prima! Dann pass mal gut auf: Die Welt, die ihr im Begriff seid, entstehen zu lassen, ist eine Welt ohne Familien! Ich habe meine Eltern niemals kennen gelernt!«

»Das ist nicht meine Schuld«, wies Piper den Wächter des Lichts zurecht.

»Noch nicht«, knurrte Chris.

»Geht es darum?«, fragte Piper. »Du gibst uns die Schuld an dem, was kommen wird?«

Chris rollte die Augen. »Ich will nur, dass ihr es diesmal richtig macht. Nutzt die Macht der Zauberhaften! Nutzt die Macht der Götter! Verhindert, dass alles zum Teufel geht!«

Piper sah ihn geradeheraus an: »Wenn es dir so wichtig ist, dann werde ich es noch ein letztes Mal wiederholen: *Wir brauchen Leo*! Und jetzt entschuldige mich bitte, ich muss ein Fläschchen aufwärmen.«

Sie ließ ihn einfach stehen.

Chris warf einen Blick in die Wiege – und sofort entstand ein blau leuchtendes Kraftfeld, das das Kind vor ihm schützte!

Irgendein Instinkt in Wyatt reagierte nicht gerade positiv auf den Wächter des Lichts.

Chris lächelte. »Keine Sorge. Du wirst es auch noch lernen. Sie alle werden es lernen.«

8

LEO STAND WIEDER HINTER einer Säule und versteckte sich vor Kronos und Dimitrios. Glücklicherweise waren die Titanen wieder ein paar Meter von ihm entfernt und er konnte gefahrlos atmen.

Hinter ihm ertönte das bekannte Geklingel eines ankommenden Wächters des Lichts.

Leo drehte sich um.

Es war Chris.

»Was machst du denn hier?«, zischte Leo. »Du wirst uns verraten!«

»Genau das ist der Plan«, flüsterte Chris.

Selbst auf die Entfernung, die zwischen ihnen lag, konnte Leo sehen, dass Kronos und Dimitrios innegehalten hatten. Kein Zweifel – sie hatten das Teleportieren gespürt.

Chris kümmerte sich nicht darum. Er trat aus dem Schutz der Säule heraus – und pfiff kräftig!

Die Titanen wirbelten herum.

Chris lächelte.

Kronos schoss einen Flammenstrahl auf ihn ab.

Chris duckte sich wieder hinter die Säule, wo Leo stand und gar nicht fassen konnte, was gerade passierte.

»Piper braucht dich«, sagte Chris knapp, »ich lenke die Titanen so lange ab.«

Das musste man Leo nicht zweimal sagen. Er verschwand in einem Lichtregen.

Chris wartete eine Sekunde, dann streckte er noch einmal den Kopf hinter der Säule hervor.

Kronos' nächster Schuss kam ihm schon gefährlich nahe.

Er machte sich davon.

Ihm war klar, dass die Titanen im folgen würden.
Und genau das war ja auch sein Plan.

Piper lag auf ihrem großen Bett und kämpfte wieder mit den Tränen. Wyatt schlief schon seit einiger Zeit, aber seine Mutter bekam die Augen nicht zu. Es war ihr unmöglich, nicht ständig an Leo zu denken.

»Warum hast du uns das angetan?«, flüsterte sie in ihre Kissen.

Es klingelte leicht.

Wahrscheinlich Chris, der mal wieder keinen Respekt vor ihrer Privatsphäre hatte. Sie drehte sich auf den Rücken.

Es war nicht Chris. Es war ein Mann in einer goldenen Kutte, dessen Gesicht von einer Kapuze verdeckt war.

»Wer sind Sie?«, fragte Piper.

Der Mann zog die Kapuze nach hinten.

Es war Leo!

Piper sprang auf und warf sich ihm in die Arme: »Du bist wieder da.«

Er drückte sie so fest er konnte. »Ich habe dich so vermisst.«

»Hast du meine Rufe denn nicht gehört?«, fragte sie, als sie sich nach scheinbar endloser Zeit aus seinen Armen löste.

»Natürlich habe ich sie gehört«, antwortete Leo. »Aber ich musste erst den *Rat der Ältesten* in Sicherheit bringen – und dann haben mich die Titanen in die Enge getrieben.«

»Ich bin so froh, dass es dir gut geht«, flüsterte Piper. »Ich habe mir solche Sorgen gemacht.«

»Ich weiß«, sagte Leo entschuldigend. »Ich konnte es spüren. Ich bin Chris dankbar für das, was er getan hat.«

»Und das wäre?«, fragte Piper.

»Er hat die Titanen abgelenkt, damit ich entkommen

konnte. Sie werden seiner Spur folgen, also haben wir wahrscheinlich nicht viel ...«

Es fiel ihm auf, dass Piper seinen Kopf anstarrte.

»Was ist mit deinem Haar?«, fragte sie schließlich. »Es wird weiß.«

»Echt?«, antwortete Leo.

In der anderen Dimension gab es keine Spiegel. Er ging zum Nachttisch und sah nach. Tatsächlich – diverse Strähnen seines dunklen Haares waren jetzt schneeweiß.

»Das liegt vermutlich daran, dass ich so lange da oben war«, überlegte er. »Ich muss jetzt aber dringend mit deinen Schwestern reden.«

»Nicht so schnell«, sagte Piper. »Jetzt werden wir uns erst einmal in Ruhe unterhalten, und dann wirst du deinen Sohn mal wieder auf den Arm nehmen.«

»Du klingst schon wie die Göttin der Erde«, lächelte Leo.

»Was meinst du damit?«

»Es sind deine Kräfte – sie machen dich so entschlossen. Und du wirst sie bis zum Limit ausreizen müssen, wenn ihr gegen die Titanen antretet.«

»Leo, du sprichst hier nicht mit einer Göttin«, sagte Piper gereizt. »Ich bin immer noch deine Ehefrau, oder hast du das schon vergessen?«

»Natürlich nicht«, sagte Leo sanft. »Aber Chris kann die Titanen nicht sehr lange ablenken, und deshalb braucht ihr eine Strategie.«

Er nahm ihre Hand: »Komm, wir suchen deine Schwestern.«

Sie gingen aus der Tür. Auf der Treppe begegneten sie der Elfenfrau Elzpeth, die geschäftig in die Hände klatschte. »Ich wollte gerade nach dem Kleinen sehen.«

»Nicht nötig«, winkte Piper ab, »er schläft.«

Erst jetzt erkannte Elzpeth Leo und machte einen Knicks: »Meister.«

Piper musste lachen: »Das ist bloß Leo, mein Ehemann. Er ist kein Meister oder ein Mitglied des *Rates*. Er trägt diese Kutte nur, weil ... Leo, warum trägst du diese Kutte?«

»Es ... war windig da oben«, antwortete Leo, und unter normalen Umständen hätte Piper wahrscheinlich gemerkt, dass er log.

Elzpeth machte sich unauffällig davon. In diese Probleme wollte sie nicht mit reingezogen werden.

9

»*E*S STEHT HIER, DASS KRONOS seine eigenen Kinder gefressen hat, damit sie ihn später nicht stürzen konnten«, las Phoebe vor.

Paige wollte sich das gar nicht vorstellen: »Wie wäre es damit: Wir locken die Titanen auf eine Lichtung, Piper hebt sie mit einem Tornado in die Luft, und ich spieße sie mit meinem Dreizack auf.«

Phoebe schlug das Buch zu. »Ich glaube nicht, dass das ausreicht gegen jemanden, der seine eigenen Kinder frisst.«

»Das sind nur Legenden«, sagte Leo, der gerade mit Piper die Treppe herunterkam.

»LEO!«, rief Phoebe begeistert und fiel ihrem Schwager um den Hals.

»Willkommen zu Hause«, sagte auch Paige strahlend.

»Wie sieht's aus?«, fragte der Wächter des Lichts ohne Umschweife.

»Paige hat jeden Schlachtplan durchprobiert, den sie kennt«, begann Phoebe, »und als Kriegsgöttin ist das so ziemlich jeder Plan, der mal ausprobiert wurde.«

»Wie man es auch dreht und wendet«, fuhr Paige fort, »wir werden verlieren. Unsere Kräfte reichen einfach nicht aus.«

Die Titanen sind einfach zu stark«, bestätigte Phoebe.

»Siehst du, wie sehr dich die Familie braucht?«, sagte Piper.

»Nein, das sehe ich nicht so«, antwortete ihr Mann überraschenderweise. »Ihr habt die Macht. Nicht als Hexen. Nicht als Göttinnen. Sondern als die stärkste Macht des Guten, die ich kenne. Deshalb habe ich euch für diese Aufgabe erwählt.«

Phoebe lächelte glücklich. »Das ist es – ich kann förmlich spüren, wie mich das Selbstvertrauen übermannt!«

»Wie bitte?«, fragte Piper skeptisch.

»Paige, du weißt genau, wo du die Kraft finden kannst, um die Titanen zu besiegen«, erklärte Leo.

»Wirklich?«, fragte die junge Hexe unsicher.

»Die Kraft liegt in dir. Du musst sie nur finden, indem du dich ganz auf diese Mission konzentrierst.«

Es dauerte eine Sekunde, bis ihr ein Licht aufging. »Wir müssen selber daran glauben, dass wir die Kraft von Göttinnen haben!«

»So haben es die Griechen vor Jahrtausenden auch getan«, bestätigte Leo.

»Chris meinte aber, wir sollten genau das nicht tun«, gab Piper zu bedenken.

»Chris irrt sich«, widersprach Leo. »Er kennt euch nicht so gut, wie ich euch kenne.«

»Aber die Griechen haben damals ihre Menschlichkeit verloren«, wandte Phoebe ein.

»Ich seid aber nicht die Griechen«, erläuterte Leo, »ihr seid die Zauberhaften. Ich würde euch nichts zumuten, was ihr nicht schaffen könnt. Phoebe – du hast dich fast an die dunkelste Liebe verloren, die ich jemals gesehen habe. Und du hast es überstanden. Du kannst auch damit umgehen, für ein paar Tage die Göttin der Liebe zu sein.«

»So habe ich das nie gesehen«, gab Phoebe zu.

Leo wandte sich seiner anderen Schwägerin zu. »Paige, du bist die Göttin des Krieges, weil du immer versuchst, deine Kraft zu vermehren, ohne dich an sie zu verlieren.«

Schließlich sprach er seiner Ehefrau ins Gewissen: »Piper, ist es denn so überraschend, dass ich dich zur Göttin der Erde gemacht habe? Du bist alles, was an dieser Welt gut und schön ist. Du bist die Mutter meines Sohnes.«

Es fiel Piper schwer, die Tränen zurückzuhalten. »So viel Vertrauen hast du in uns?«

»Musst du das wirklich fragen?«, hielt er dagegen. »Ich habe immer gesagt, dass eure Kräfte aus euren Gefühlen erwachsen, und heute müsst ihr tiefer in euch hineinhorchen als jemals zuvor. Was immer euch antreibt, was immer euch Kraft gibt – ihr müsst es finden und es einsetzen. Gegen die Titanen. Ihr dürft sie nicht bloß besiegen – ihr müsst sie vernichten.«

Während er diese Worte sprach, begann sein Körper seltsam golden zu leuchten.

»Leo?«, fragte Piper vorsichtig.

Der Wächter des Lichts sah seine Hände an. »Was geht mit mir vor?«

Die Tatsache, dass er sich veränderte, war schon schlimm genug. Schlimmer war jedoch, dass er keine Ahnung hatte, warum.

10

KRONOS UND DIMITRIOS MATERIALISIERTEN in einer geschlossenen Kneipe. Die Stühle standen auf den Tischen, und kein Licht erhellte den Raum.

»Wieder eine Sackgasse«, sagte Dimitrios. »Er ist uns entwischt.«

»Nein«, widersprach Kronos. »Seine Spur ist frisch. Wir kommen ihm immer näher.«

Plötzlich hob Dimitrios den Kopf, als hätte ihn jemand gerufen. »Hast du das gespürt?«

Kronos nickte: »Ein Mitglied des *Rates*.«

»Ist es unsere Beute?«

»Es gibt nur einen Weg, das herauszufinden«, knurrte Kronos.

»Ich werde dich nie verlassen«, flüsterte Leo, während er den Bauch seines Sohnes streichelte.

»Warum sagst du das?«, fragte Piper, als sie sich an seine Seite stellte. »Was geht hier vor?«

»Ich weiß es selber nicht so genau«, gab ihr Mann zu.

»Wie kann das sein?«, fragte Piper. Sie wurde wieder wütend: »CHRIS! Wo immer du gerade bist – komm sofort hierher!«

Nichts geschah.

Leo seufzte. »Es ist okay, Chris.«

Erst jetzt begann die Luft zu funkeln, und Piper fragte sich, seit wann Leo anderen Wächtern des Lichts Befehle erteilen konnte.

Chris war nicht gerade glücklich, in diesem Moment gerufen zu werden. »Ich hoffe, es ist wirklich ein Notfall. Ihr seid nämlich gerade dabei, die Titanen herzulocken.«

»Was geschieht mit meinem Ehemann?«, verlangte Piper zu wissen.

»Etwas Außergewöhnliches«, antwortete Chris geheimnisvoll.

»Ich habe genug von deinen Andeutungen«, giftete Piper. »Du wusstest, dass Mitglieder des *Rates* sterben würden! Du hast Leo gesagt, was er tun soll! Du hattest immer die Antworten!«

»Ist das so?«, fragte Leo.

»Das meint ihr doch nicht im Ernst«, keuchte Chris empört.

»Was immer du auch für ein Spiel spielst«, flehte Piper, »nun hört es auf. Sofort.«

»Piper, ich habe mit dem Schicksal deines Mannes nichts zu tun! Er ist auserwählt worden! Was er getan hat, grenzt an ein Wunder! Und nun bekommt er die angemessene Belohnung – die Chance, ein ...«

»Sprich es nicht aus!«, zischte Piper. »Sprich es ja nicht aus!«

»Die Welt braucht eine Quelle des Guten, die sie beschützt«, sagte Chris eindringlich. »Kennst du eine bessere Quelle als Leo?«

Piper rang nach Worten: »Nicht Leo ... Er kann kein Mitglied des *Rates* sein. Er lebt auf der Erde, er hat Familie. Leo, erklär es ihm! Sag ihm, dass du alles andere nicht willst!«

Unendliche Traurigkeit stand in Leos Augen, als er Piper ansah: »Ich weiß nicht, ob ich das kann.«

»Du solltest zu deinen Schwestern gehen«, mahnte Chris.

Piper nahm den Blick nicht von ihrem Mann: »Nicht, bevor er es gesagt hat.«

»Man wartet auf dich«, drängte Chris weiter.

»Er hat Recht«, sagte Leo flehentlich. »Paige und Phoebe brauchen dich.«

»Nicht, bevor du es gesagt hast«, flüsterte Piper noch einmal.

»Die Titanen werden jeden Moment hier sein!«, rief Chris.

»SEI RUHIG!«, schrie Piper und mit einer Handbewegung fegte sie den Wächter des Lichts von seinen Füßen. Er krachte in die Tür des begehbaren Kleiderschranks und sackte dann bewusstlos zu Boden.

Leo war sofort bei ihm. »Er ist okay.«

Dann sah er seine Ehefrau an: »Das war es, Piper. Das war die Kraft, die du im Kampf gegen die Titanen brauchen wirst. Und nun musst du sie unter Kontrolle bringen, damit sie dich nicht kontrolliert.«

In diesem Moment hörten sie Phoebes Schrei.

11

PHOEBES SCHLANKER KÖRPER flog durch die Luft und krachte auf einen Beistelltisch, der unter dem Aufprall zu Feuerholz wurde.

Irgendwo in ihrem Kopf blitzte die Frage auf, wie viel Mobiliar sie nun schon im Kampf gegen Dämonen wohl verloren hatten. Es war ein Wunder, dass es im Haus überhaupt noch Antiquitäten gab.

Mühsam rappelte sich Phoebe auf und drehte sich zu den Titanen um, die völlig überraschend aufgetaucht waren.

»Wo ist das Mitglied des *Rates*, das euch erschaffen hat?«, knurrte Kronos.

Phoebe und Paige, die er gegen einen Türrahmen geworfen hatte, kamen wieder auf die Füße.

Bevor sie sich auf eine Diskussion oder gar einen Kampf mit Kronos einlassen konnten, begann die Erde zu beben. Das alte Haus wurde bis auf seine Grundmauern erschüttert. Wände und Böden verzogen sich.

Und dann erschien Piper, um sich schützend vor ihre Schwestern zu stellen.

Sie wirkte völlig ruhig, fast gelassen. Als hätte sie sich entweder mit ihrem Schicksal abgefunden oder einen Weg gefunden, es zu meistern.

Kronos schoss einen Flammenstrahl ab und Dimitrios versuchte es mit Blitzen. Doch ihre Kräfte konnten Piper nichts anhaben. Sie hatte es nicht einmal nötig, die Angriffe abzuwehren.

»Es ist gar nicht klug, sich mit Mutter Natur anzulegen«, sagte sie entspannt. Sie nahm die Hände hoch, als wollte sie ein Orchester dirigieren.

Der Boden öffnete sich.

Eine Erdspalte brach auf und verbreiterte sich sekundenschnell auf zwei Meter. Darunter kam das Fundament des Hauses zum Vorschein, und darunter das Erdreich.

Ein gähnendes Loch klaffte im Boden, und als der Kronleuchter durch die Erschütterungen aus seiner Halterung brach, fiel er scheinbar direkt in die Hölle.

Dimitrios und Kronos taumelten zurück beim Versuch, nicht in den Abgrund zu stürzen.

Jetzt sah Paige ihre Chance. Sie packte den Dreizack, und mit einem gezielten Blitz brach sie die Kante weg, auf der die Titanen standen.

Mit entsetzlichen Schreien taumelten sie und stürzten schließlich in den klaffenden Abgrund. Nur ihr Gebrüll ließ darauf schließen, dass sie sehr, sehr tief fielen.

Piper senkte die Hände wieder, und so wie die Erdspalte entstanden war, so schloss sie sich auch wieder. Als würde ein Film rückwärts laufen. Selbst die kleinsten Splitter und Kiesel fügten sich wieder an ihren angestammten Platz. Nach kaum drei Sekunden sah das Wohnzimmer aus, als wäre nichts geschehen.

Nur der Kronleuchter blieb verschollen.

Leo tauchte aus dem Schlafzimmer auf, um nach seiner Frau und seinen Schwägerinnen zu sehen.

»So viel zu den Titanen«, sagte Paige erfreut.

»Gott sei Dank«, flüsterte Phoebe.

»Nichts zu danken«, knurrte Piper.

Niemand lachte darüber.

Sie sah ihren Mann an.

»Du hast es geschafft, Piper«, sagte er sichtlich stolz. »Du hast in dir die Kraft gefunden, die du brauchtest. Das gilt für euch alle. Und nun müsst ihr die Macht der Göttinnen wieder abgeben.«

Paige und Phoebe freuten sich und stellten sich vor Leo

auf, um sich von ihm wieder zurückverwandeln zu lassen.

Nur Piper spielte nicht mit.

Sie verschwand von einem Moment zum anderen.

Leo seufzte. Er hatte befürchtet, dass seine Frau es ihm nicht so einfach machen würde.

12

Es war spät und es hatte begonnen zu regnen.

»Bist du bereit?«, fragte Leo und legte seine Hand auf den Deckel der Jade-Amphore.

Paige nickte entschlossen. »Weg damit.«

Leo hob den Deckel, und augenblicklich floss die göttliche Macht aus Paiges Körper heraus. Wie ein Geist, der in seine Flasche zurückkehrte, glitt sie in die Amphore.

Paige sah an sich herab. Sie hatte sogar wieder ihre normalen Sachen an.

»Wie fühlst du dich?«, fragte Leo.

»Frei«, antwortete Paige nach kurzem Nachdenken.

Sie setzte sich neben Phoebe, die auf dem Sofa saß und versuchte, den Aufenthaltsort von Piper mit Pendel und Stadtplan ausfindig zu machen. »Hast du schon etwas gefunden?«

Phoebe, die von Leo als Erste zurückverwandelt worden war, schüttelte den Kopf: »Keine Spur.«

»Dranbleiben«, sagte Chris unnötigerweise. Er saß in einem Sessel.

»Selbst, wenn wir sie finden – wie bringen wir sie dazu, sich wieder in eine normale Hexe verwandeln zu lassen?«, fragte Paige. »Sie ist doch auf einem Machttrip. Schließlich hat sie die Titanen vernichtet. Das ist ja nicht mal den alten Griechen gelungen.«

»Wir müssen darauf hoffen, dass sie noch irgendwo einen Funken Menschlichkeit in sich trägt«, antwortete Chris.

»Wenn jemand den Weg zurückschafft, dann ist es Piper«, sagte Leo bestimmt.

Er klemmte sich die Amphore unter den Arm. »Ich muss

jetzt wieder los. Wenn etwas ist, weiß Chris, wie man mich erreicht.«

»Wo willst du denn hin?«, fragte Paige überrascht.

»Nach oben«, erklärte Leo. »Der *Rat der Ältesten* ist wieder zurück, und er ruft nach mir.«

Damit löste er sich in einem Funkenregen auf.

»Hat der uns gerade hängen gelassen?«, fragte Phoebe fassungslos.

»Sieht so aus«, knurrte Paige empört. »Sollte er nicht vielleicht mithelfen, seine Frau ausfindig zu machen?«

»Er vertraut darauf, dass ihr das könnt«, entgegnete Chris. »Ihr müsst sie wieder auf den Boden der Tatsachen bringen, bevor sie ganz abdreht und die Welt ins Chaos stürzt.«

Phoebe winkte genervt ab. »Falls du es immer noch nicht kapiert hast – Piper ist Leos FRAU.«

»Das habe ich sehr wohl verstanden«, widersprach Chris, »aber die Dinge haben sich verändert. Der *Rat der Ältesten* braucht Leo, um die Balance zwischen Gut und Böse wieder herzustellen.«

Paige schlug mit der Hand auf die Lehne des Sofas: »Ich will jetzt eine klare Antwort: Geht es darum, dass Leo ein Mitglied werden soll?«

Chris lächelte: »Er ist auf dem besten Weg.«

»Verdammt noch mal!«, rief Phoebe. »Ich habe genug von deinen Spielchen! In deiner Welt mag es super sein, zum *Rat* zu gehören – aber hier bei uns ist das nicht gerade ein Hauptgewinn. Leo ist unser Schwager ...«

»... unser Wächter des Lichts ...«, ergänzte Paige.

»... und unser Freund«, fuhr Phoebe fort. »Wir wollen ihn nicht verlieren. Also wirst du nach oben gehen und denen verklickern, dass wir ...«

Sie kam nicht weiter, denn der Sturm, der sich in der Zwischenzeit draußen zusammengebraut hatte, entwurzelte einen Baum, und schlug ihn direkt durch das Wohnzimmerfenster.

»Mann, dieser Sturm wird langsam echt ungemütlich«, fluchte sie, als wieder einigermaßen Ruhe eingekehrt war.

»Das ist Piper!«, rief Paige plötzlich. »Piper steckt hinter diesem Sturm!«

»Was meinst du damit?«, fragte Chris.

»Erinnert ihr euch, womit der ganze Titanen-Ärger angefangen hat? Mit einer Hitzewelle und einem Erdbeben«, erklärte die junge Hexe. »Wenn man die Macht einer Göttin hat, schlägt sich die emotionale Verfassung automatisch im Wetter wieder!«

»Und Leo hat ja gesagt, dass unsere Kraft aus unseren Emotionen kommt«, schlussfolgerte Phoebe.

Sie beugte sich wieder über den Stadtplan, diesmal allerdings ohne Pendel: »Okay, wenn Piper also eine Göttin ist und ihre Wut an der Stadt auslassen will – wo würde sie dann hingehen?«

»Dorthin, wo sie sich den Schaden, den sie verursacht, auch anschauen kann«, vermutete Paige.

Phoebes Hand fuhr über die Karte.

Da gab es eigentlich nicht viele Möglichkeiten.

Es musste der Hügel an der Westseite der Bucht von San Francisco sein. Dort saßen im Sommer immer tausende Ausflügler, um die Aussicht auf die Stadt, den Hafen und die Golden Gate Bridge zu genießen.

Dort musste sie sein.

13

DER REGEN, DER AUF IHREN KÖRPER PRASSELTE, machte ihr nichts aus. Als Göttin der Erde war das Element Wasser ein Teil von ihr.

Die Toga klebte klitschnass an ihrem Körper, und ihre Haare hingen in Strähnen in ihrem Gesicht. Wassertropfen vermischten sich mit Tränen.

Es war, als ob Piper Halliwell ein Orchester dirigierte. Ihre Hände fuhren hin und her, rauf und runter. Jede Bewegung verursachte ein Blitzgewitter, und der Donner schien die Erde aufzubrechen.

Es war ein bizarres Schauspiel.

Hinter ihr funkelte die Luft – und ihre Schwestern erschienen. Sie hatten sich Regenjacken übergeworfen. Trotz eines Schirms waren sie innerhalb von Sekunden klatschnass.

»Piper!«, rief Phoebe gegen den Sturm an.

»Bleibt weg von mir!«, entgegnete Piper und konzentrierte sich weiter darauf, die Unwetterkatastrophe zu verschlimmern.

»Wir bringen dich nach Hause!«, rief Paige. »Zu deiner Familie.«

Erst jetzt drehte sich Piper zu ihnen um. »Zu welcher Familie?«

»Zu deinem Sohn«, erklärte Phoebe. »Wyatt. Erinnerst du dich? Er braucht seine Mutter! Er hat schon den Vater verloren – das muss doch reichen.«

Piper schien über das Gesagte nachzudenken. Doch ihre Augen verrieten nichts – keinen Schmerz, keine Wut.

Dann schimmerte ihre Gestalt und löste sich auf.

Paige und Phoebe blieben allein zurück.

Im Regen.

Im Sturm.
In der Ungewissheit.

Es war den überlebenden Mitgliedern des *Rates* gelungen, die Spuren des Massakers schnell wieder zu beseitigen. Die marmornen Bänke und Säulen waren wieder makellos, und bis auf die geringere Anzahl an Bewohnern war die Dimension des Lichtes fast wieder wie vorher.

Doch damit waren die Überraschungen für die Wächter des Lichts noch nicht vorbei.

Was in diesem Moment geschah, war nach den Überlieferungen und Gesetzen gar nicht möglich.

Eine Frau erschien in der Halle.

Sie war kein Mitglied des *Rates*.

Sie war tropfnass.

Und sie weinte.

»Wo ist er?«, fragte sie schluchzend. »Wo ist Leo?«

Eine Gestalt löste sich aus der Gruppe und kam auf sie zu. Als er die Kapuze nach hinten schob, erkannte Piper ihren Mann.

»Was machst du hier?«, fragte er.

»Wie kannst du uns das antun?«, entgegnete sie.

Leo blickte sich um: »Können wir einen Moment Ruhe haben?«

Die anderen Mitglieder gingen ihres Weges.

»Du hast mich gebeten, dich zu heiraten«, begann Piper stotternd. »Du wolltest eine Familie, und ich habe dir einen Sohn geschenkt. Und nun soll ich akzeptieren, dass du dich einfach so davonmachst?«

»Es ist nicht so einfach«, flüsterte Leo verzweifelt.

»Dann mach es einfach«, forderte Piper. »Denn ich habe wirklich Probleme damit, es zu verstehen.«

»Wenn ich die Wahl hätte«, sagte Leo, »würde ich dich wählen. So, wie ich es immer getan habe.«

»Dann wähl mich doch«, bat Piper. Sie nahm seine Hand. »Lass uns nach Hause gehen.«

Er starrte auf ihre Hand wie auf eine Schlange. »Ich weiß nicht, ob das möglich ist.«

»Ich auch nicht«, schluchzte Piper, »und das macht mir furchtbare Angst.«

Er nahm sie in den Arm. »Der *Rat der Ältesten* hatte Unrecht, was unsere Liebe angeht. Sie dachten, wir würden es nicht gemeinsam schaffen, aber wir haben es geschafft. Unsere Liebe hat Dinge ermöglicht, die sich niemand vorstellen konnte. Sie hat dir die Kraft gegeben, Prues Platz einzunehmen, ein Kind zu bekommen, das eine fantastische Zukunft hat, und sie hat mir die Kraft gegeben ...«

»... einer der ihren zu werden«, murmelte Piper.

»Unsere Liebe steht über allem«, fuhr Leo fort. »Sie hat mich so stark gemacht, dass dieser Ort mein einzig mögliches Ziel wurde. Es war nie mein Schicksal, ein Mitglied des *Rates* zu werden, aber du hast das möglich gemacht.«

»Ich kann dich nicht aufgeben!«, rief Piper. »Ich weiß nicht, wie ich ohne dich leben soll!«

Er strich ihr über das Gesicht. »Du kannst nicht dagegen ankämpfen – nicht diesmal.«

Sie schloss die Augen und aus der Göttin Piper wurde wieder die Hexe Piper. Der Strom ihrer Macht schlängelte sich durch den Raum und fand von selbst den Weg in die Amphore.

»Wie soll ich denn alleine klarkommen?«, fragte Piper.

»Du hast deine Schwestern«, flüsterte Leo.

»Das ist nicht dasselbe«, krächzte sie mühsam. »Werde ich dich je wiedersehen?«

Es war vermutlich der schwerste Satz, den Leo jemals sagen musste: »Ich weiß es nicht. Aber ich werde immer über dich wachen. Und über Wyatt.«

»Aber du wirst nicht für ihn da sein!« Nun flossen Pipers

Tränen wieder in Strömen. »Du wirst so vieles verpassen!«

»Ich werde niemals von Wyatts Seite weichen«, sagte Leo ernst. Er wird mich immer spüren, und er wird wissen, dass sein Vater ihn liebt. Es ist nicht dasselbe wie die Liebe eines Elternteils – aber dafür hat er dich.«

»Aber er hat nur mich«, presste Piper hervor. »Ich hoffe nur, das reicht.«

Sie schlug die Hände vor ihr Gesicht.

Leo traf eine Entscheidung. »Als Mitglied des *Rates* habe ich die Kraft, dir deine Schmerzen zu nehmen.«

Sie sah ihn wieder an, verstand nicht, was er sagen wollte: »Du wirst mich nie dazu bringen, dich zu vergessen.«

»Das meine ich nicht«, sagte Leo. »Ich kann dir helfen, Frieden zu finden.«

Er nahm sie in die Arme und drückte sie fest.

Eine halbe Ewigkeit lang standen sie so da, und Piper bemerkte nicht den goldenen Schein, der sie beide umgab.

Sie spürte nur, wie ihre Seele langsam leichter wurde.

14

»ICH WEISS, WAR EIN WIRKLICH TOLLES KOSTÜM«, lachte Phoebe falsch in den Hörer. »Ich bin wirklich froh, dass der Ball ein Erfolg war. Bis dann.«

Sie legte auf und sah Paige an, die schwer damit beschäftigt war, einen Salat mit Tomatenstückchen zu garnieren: »Ich habe achtzehntausend Dollar für bedürftige Kinder zusammengebracht. Sieht aus, als hätte der Job als Liebesgöttin durchaus seine guten Seiten gehabt. Es hat mir sogar ein zweites Date mit Evan beschert.«

Sie steckte sich eine Cocktailzwiebel in den Mund.

»Was wird Jason dazu sagen?«, wollte Paige wissen.

Phoebe seufzte. »Ich vermisse Jason. Aber ich kann wegen ihm nicht mein Leben auf dem Abstellgleis verbringen. Wenn er nach San Francisco zurückkommt, werden wir sehen. Und wie sieht es bei dir aus – vermisst du die Kriegsgöttin?«

»Nein, das war nichts für mich«, winkte Paige ab. »Ich glaube nicht einmal, dass ich noch eine Super-Hexe sein will.«

»Was meinst du damit?«

»Seit Monaten habe ich versucht, als Mitglied der Zauberhaften besonders viel zu lernen«, erklärte sie. »Ich habe mein Privatleben vernachlässigt und meine Freunde. Ich bin es leid. Ich brauche eine Pause.«

Phoebe nickte verständnisvoll.

Dann packten die Schwestern diverse Teller, auf denen Essen für den Abend angerichtet war, und brachten alles ins Wohnzimmer.

»Du kannst wirklich stolz auf dich sein«, erklärte Phoebe. »Deine Studien haben sich ja wirklich gelohnt. Letzten Endes haben wir die Titanen besiegt.«

»Ich möchte aber auch mal an andere Dinge denken können«, sagte Paige missmutig, während sie Servietten faltete. »Im Moment geht mir nur durch den Kopf, was wir verloren haben.«

Phoebe ging es genauso, aber sie versuchte, vernünftig zu sein. »So darfst du das nicht bewerten. Wir haben Leo nicht verloren – er wacht über uns.«

Paige kämpfte eine Träne zurück. »Das ist was anderes.«

Phoebe war froh, als es an der Tür klingelte. Sie hatte momentan auch ziemlich nah am Wasser gebaut.

»Kommt rein, es ist offen«, rief sie durch den Gang.

Es waren Darryl und Sondra.

Der freundlichen Begrüßung folgte eine Topfpflanze, die Sondra Phoebe in die Hand drückte: »Seid ihr sicher, dass ihr uns heute hier haben wollt?«

»Wir wollen wirklich keine Umstände machen«, versicherte auch Darryl.

Paige hatte dem Paar am Telefon in groben Zügen erzählt, was passiert war.

»Es ist schon okay«, sagte Phoebe. »Es war Pipers Idee.«

»Ich möchte mir gar nicht vorstellen, was momentan in ihr vorgeht«, murmelte Sondra. »Wie macht sie sich?«

»Das wissen wir selber nicht so genau«, musste Phoebe zugeben. »Sie wollte die letzte Nacht mit Wyatt allein sein.«

»Es würde mich nicht wundern, wenn sie sich erst einmal monatelang in ihrem Zimmer vergräbt«, sagte Darryl.

Doch in diesem Moment waren Schritte auf der Treppe zu hören.

Es war Piper.

In Jeans, T-Shirt – und mit rosigen Wangen.

»Hi!«, rief sie begeistert, und es klang wirklich ehrlich. »Ich bin froh, dass ihr kommen konntet.«

Sie gab Darryl ein Küsschen.

»Wir wollten nur zeigen, dass wir für euch da sind«, sagte Sondra vorsichtig.

»Leo war ... ist ... jemand, der ...«, stotterte Darryl im zwecklosen Versuch, etwas Sinnvolles zu sagen.

Piper winkte ab: »Macht es euch nicht so schwer. Wir haben einen Grund zu feiern – Leo ist immerhin befördert worden! Wir sollten uns freuen! Ich freue mich auf jeden Fall.«

»Echt?«, hakte Paige ungläubig nach.

»Piper, du brauchst uns nichts vorzumachen«, bestätigte Phoebe. »Wir sind alle für dich da.«

»Unterdrückte Gefühle können bei Hexen böse Folgen haben«, setzte Paige noch eins drauf.

Piper sah ihre beiden Schwestern mit amüsierter Verwunderung an: »Ich mache niemandem etwas vor, ehrlich. Es geht mir gut.«

Ihr Tonfall ließ auch auf nichts anderes schließen.

»Und jetzt ab an den Tisch!«, rief sie. Doch dann schlug sie sich kurz vor die Stirn: »Ich habe das Baby-Fon vergessen. Bin gleich wieder da.«

Sie sprintete gut gelaunt die Treppe nach oben.

Einen Moment lang sahen die Morrises und die Halliwells sich an. Es war Phoebe, die das betretene Schweigen brach: »Okay, also ab an den Tisch!«

Sondra und Darryl gingen schon mal vor.

»Mit Piper stimmt was nicht«, flüsterte Phoebe.

»Vielleicht ist sie schon drüber hinweg«, mutmaßte Paige, wenig überzeugend.

»Piper kommt nicht so leicht über so etwas hinweg!«, rief Phoebe. »Sie kämpft! *Das* ist ihre Art!«

Paige nickte. Sie hatte es ja auch bemerkt.

Was immer es war – im Moment schien es Piper zu helfen.

Phoebe und Paige hofften nur, dass das dicke Ende nicht noch nachkommen würde …

Epilog

CHRIS SASS AUF DEN STUFEN vor der Eingangstür des Halliwell-Hauses. Er genoss die Sonne, jetzt, wo sie nicht mehr vom Himmel brannte.

Und er wartete.

Es funkelte in der Luft.

Leo erschien.

»Hat der *Rat der Ältesten* schon entschieden, was aus mir werden soll?«, fragte Chris unumwunden.

»Das war der Gegenstand heftiger Debatten«, gab Leo zu. »Wir waren uns aber alle einig, dass du nicht mehr in die Zukunft zurückkehren kannst.«

»So weit war ich auch schon«, nickte Chris. »Die Welt, aus der ich komme, existiert nicht mehr, weil es den Zauberhaften gelungen ist, die Titanen zu besiegen. Und was jetzt?«

»Es gab eine Abstimmung – die Zauberhaften brauchen schließlich einen neuen Wächter des Lichts.«

»Und der soll ich sein?«, fragte Chris.

»Es ist eine Art Belohnung dafür, dass du sie gerettet hast.« Leo sah dabei nicht sehr glücklich aus. »Irgendwie habe ich das Gefühl, dass es dir genau darum von Anfang an gegangen ist.«

Chris antwortete nicht. Er musste sich nicht rechtfertigen, und der *Rat* hatte scheinbar seine Entscheidung getroffen. Auch Leo würde das nicht infrage stellen.

»Pass gut auf sie auf, Chris«, sagte Leo zum Abschluss. »Ich werde dich im Auge behalten.«

Es war kein Versprechen.

Es war eine Warnung.

Aber das war Chris egal.

Leo löste sich auf, um zu seinesgleichen zurückzukehren.

Der junge Wächter des Lichts stand auf, um seinen neuen Schützlingen die ›frohe Botschaft‹ zu überbringen.

Als er merkte, dass er vergessen hatte, die Haustür zu schließen, holte er es nach. Er ließ sie durch Geisteskraft ins Schloss fallen.

Es war eine Kraft, die Wächter des Lichts nicht besaßen.

Nicht besitzen durften …